光の草

成田守正

風雲舎

目次

カバー装画――秋野　不矩
装幀――山口真理子

光の草

サバーバンスカイ

1

日が落ちて水色から濃紺へ、輝きはなおたたえて暮れなずむ空のちょうど円心に、上弦の月が浮かび出る。

いい空。ああ不思議な月。青い半月。言いかわす女グループの声が近くにわき、人垣を目でなぞると、喧騒にもまれながらじっと、魂を呼びこまれたように天を仰ぐ姿がそここに見える。ロープが渡された参道の左右は、二時間も前から埋まっている。ながいあいだ、場所取りで離れられない群衆を寒気にさらし、じらすだけじらして、祭はこの刻限、この神秘の灯明を待っていたらしい。十二月十五日、秩父、鉄砲祭。毎年この日に同じ月齢のわけはないので、主催者たちの計算でないにしろ、幕開けをつげる、にくい自然の演出だった。

こういう空の下もいいかもしれない、と研太郎は目をほそめ、また死に場所をさがす目だと苦笑がもれる。一年半前、隠れひそんでいた町工場がつぶれ、新たに職を探すことはせず、気がむくままの旅をはじめた。外出すればかつての知人に出くわす可能性は高くなるが、この十数年間で姿も身なりも十分に変わった。時効もとっくに過ぎ、つかまる理由はなくなっている。恐れることはない、となんだか夢からさめたように気がつき、すると足が勝手に動き出していた。

旅をはじめたとき、なぜ旅なのか、わからなかった。神社をめぐろうと、なぜおもいついたかもはっきりはしない。十数年間木造アパートの一室に閉じこもった見返りに、静かな土地へ出ていきたい、神社なら静かだろうと誘い出された感じだった。ひと月、ふた月と歩くうちには、旅が体にすこしずつ馴染んで、気おくれなく風景に心をまじえることができるようになった。霞が浦近くの鎮守社へ向かう道で出会った雑木の閑林、妙義山麓の古社の背後に波うっていたススキの原、笛吹川の谷襞にひっそり建つ山宮の落ち葉の参道……。原野のいぶきがいまだただよう天地のあわいで、研太郎は息をのみ、足をとめた。神の祭り場に選ばれた土地ならではの深い静けさに五感をあずけ、無為の時間のきらめく風に、飽かず吹かれた。死に場所という言葉に行き当たったのは、そんな忘我の一刻だった。もし病気や生活で後がなくなり、死ななければならない日が来たらここへ来よう……。するとおもいがひろがり、古来の旅人たちが旅をしたのも、旅のさいはてにある安寧を見届けたかったからではないかと、ふっとだれを探すともなく耳をすませ目をさまよわせた。

閉じた工場の社長だった松井にその話をすると、破産処理がすんだあとも消えない負債への自虐をこめ、私のためにいい死に場所があったら教えてくださいよ、と笑みを返してきた。借金を返却するまで私には死ぬ場所なんてありません、おそらくそう言いたかったのだろう。半年前松井は、来週から勤めることになったと、もより駅前の牛タン屋へ、飲む誘いをかけてきた。

「気持ちの整理って、簡単にはいかないものですね。やっと腰が上がったところです」

ひとまわり年長の研太郎にたいするいつもながらの口調には、なにがしひとやま越えた安堵の色がにじんでいた。

「一国一城の主だった人が、雑兵に身をおとさなければならない。しかたないさ」

研太郎が慰めると、「いえいえ、どうせ零細企業だった」と肩をすくめ、「仕事はもっと早くさがさなければならなかったんです。ところが、どんなにふりしぼっても気力が空回りして」とうすく唇をふるわせた。「やる気が寸前まではいくのに、どうしてか一杯にみなぎるまでは行かないんです。それで一日中、部屋の中を、水槽の金魚みたいに、窓に鼻をぶつけ、壁に額を当て、うろうろうろうろ歩きまわってばかりいた。日がな、食べて、トイレに行って、寝てるだけ。頭の中では、なにやってんだよって叱咤する声は確かにひびいているというのに、どうしてもそこから一歩踏み出せない。そんな変な状態に一年も迷いこんでしまって。神経はタフなつもりなのに、一歩踏みだすのがこんなにむずかしいなんて」

「疲れが出たのだよ」

「自分をコントロールできない。自分が変だって見えているのに、制禦できない。そんなことって」

「それは、あるさ。もともと自分というやつは、自分にとって都合のよい姿で自分を理解している面がある。自分の中には、幻想の自分というのが混じっているし、幻想に隠されている自分というのがいる。だから、きっかけしだいで、自分はこんなはずではないとか、自分の知らない自分が暴れだし、自分ではわけがわからないということだって起こりうるさ」

口にした理屈にがさりと神経がそそけだったのは、それが過去の自分へのいいわけに重なったからだった。過去の自分についてはそれなり得心を積んだつもりだが、得心はしてもみじめさは消えることがない。死ぬまで負いつづけるだろうみじめさを、よけいなことを言って、覆いの下から引き出してしまった。

そこへ松井が、「柳さん、グリコ・森永事件、おぼえていますよね」と切りだしたのは、もちろん偶然ではあったろう。

「じつはその間、親父のこと考えたりしていた。会社をとうとうつぶしてしまって、怒っているかなって。親父が死んだのは、柳さんが入って来た年の桜が咲く前で、そのころも資金繰りに窮して、つぶれかかってたんです」

研太郎が工場にもぐりこんだのは、スポーツ新聞の求人広告を見たからだった。三Kとかいい、人手不足のさなかのせいで、たずさえていったニセ履歴書がくわしく検索されることもなく、また契約社員という会社にとっては扱いやすい身分だったせいか、あっけなく採用され、以来いつしか星霜を重ねた。

「いわゆるバブル期で、世間的には景気はよかったんだけど、うちら下請けは円高のほうで苦境におちいっていた。元請けに一方的なコストダウン、要するに単価の大幅な値引きを言い渡されていたんです。しかも半期前にさかのぼっての決済の強制で、一度振りこまれた差額まで精算して返還させられていた。それに応じなければ次から発注をしないという前提がある。言われたとおりにするしかない仕掛けです。金策に奔走しながら親父は、企業努力というけれど、結局は下請けがしわ寄せさせられるだけではないか、と涙をながして悔やしがっていました。そしてこう言ったんです。グリコ犯のように社長を誘拐してその会社に身代金を要求すれば犯罪だ。だけど企業が受注をたてに、下請け工場の社長に値引きを要求しても犯罪ではない。しかしな、つまりは受注の身代金として、年度一千万二千万を下請けが支払わされるってことではないのか。グリコ犯と、下請けに泣きを見させる企業と、どこがちがうってんだよ……。手遅れだった癌が発覚したのはその頃です。入院からわずかひと月、死の直前まで、恨みつらみを訴えていた。そうだよ、グリコの犯人は悪くない。悪いのは下請けをいじめる大企業のほうだ。グリコの犯人は、グリコが操短に追いこまれてパートのおばさんたちをレイオフにしはじめたら、とたんに脅迫をやめたぞ。グリコ犯は弱い者の味方だ、ほんとうはきっとそうだ、とか言って。飛躍は病勢のなさしめたものでしょうけど、そこまで惨めになって、最後の最後、落ちくぼんだ目で、おれの会社をたのむ、と言い残した。皮肉なことに、親父の生命保険で会社は生き残ることができたんです。でも、それを、私は守りきれなかった」

グリコ・森永と聞いただけで一瞬凍りつく、そんな時期はとっくに過ぎ去っていた。十数年の歳月は、逃亡者にはちがいない境遇に追いやった自分自身を正気へ引きもどすのに十分すぎる時間だったし、逃亡のおもいさえもいつか風化させた。しかしグリコ・森永と耳にし目にすることがあればいまでも、怯えに似た感覚がなにがしか、ビールの泡のように立ちのぼることはある。病んでいた神経が癒えても、病んだ神経の記憶が体に残っているからだろう。

昭和五十九年三月十八日の日曜日、江崎グリコの江崎勝久社長が二人の子供と入浴中のところを賊におそわれ、裸のまま拉致され、身代金十億円と金塊百キログラムを要求されるという事件が起こった。これがやがて一年にもおよぶ恐怖を世間に強いることになった、いわゆるグリコ・森永事件の発端である。事件は一時期、企業側や警察による犯行隠し、報道協定が結ばれたこともあって、一般国民をかやの外に置く事態で進行するが、要するに、江崎グリコ、丸大食品、森永製菓、ハウス食品、不二家の順に、金を出さなければ商品に青酸ソーダを混入すると、つぎつぎ脅迫されたのだった。犯人グループは江戸川乱歩のキャラクターをもじって、怪人21面相と名のっていた。

しかし犯人側のおもわくどおりには運ばなかったとみえ、不二家の脅迫のころには、それまで金銭奪取だった犯行目的が、大阪のデパート、東京のビルの屋上から現金二千万円をばらまけといった内容に変わり、年を越した二月には、菓子業界のあこぎな商業主義へのレジスタンスといわんばかりに、バレンタインデーつぶしが標的にされる。そうして金銭奪取そのものへの執着は捨てたと見えはじめたなか、製品を出荷できずレイオフに追いこまれていた森永が会長辞任とパート従業員の再雇用を発表すると、それをもって「めんつ」がたったとして、犯人側は突然、森永を赦免する旨の書状を新聞社に送りつけてくる。そしてそれを最後に、犯人たちはいずこへか姿をくらませてしまった。

のちにコバンザメ犯罪と類型づけられる便乗・模倣の犯罪が続出するのは、グリコの製品に青酸ソーダを入れてあちこちの店へ置いたと記した書状が新聞社に舞いこみ、その当日の夕刊に報道された五月十日以降の段階になる。実際に真の犯人グループが青酸入りの菓子を店頭に置くのは、森永脅迫に移ってからの十月八日にまで下らなければならないのだが、ホンモノの戦略や駆け引きもかえりみず、ニセモノたちは社会の不安につけいってあわよくば小金をせしめようと跳梁し、その数五十九年末までに全国で三十一件、逮捕および補導二十五人が報告された。

まさにその五十九年末の雨がはげしく窓を叩いていたある夜、研太郎は自宅の書斎部屋にこもってグリコの本社に宛てた脅迫状をしたためたのだった。

翌朝、雨は上がっていた。根をつめたあとのふらふらした足どりで投函しに家を出た。脳裏に焼きついたのは、それまでまだ雲のひしめいていた東の空が急に切れ間をのぞかせ、朝日がひと筋、歩みよるポストの赤い色に照り返って研太郎の眼を射たことだった。すると魔法をかけられたように全身がこわばり、ポストの口にまで伸ばしていた手に抑制がはたらいた。自分の行為の意味をはかりかねる感情が強くつきあがり、手もとからポトリと落下する音がして、次の瞬間、覚醒の感覚とも異なる身震いにおそわれた。

しかしポトリと落下する音は幻聴にすぎなかった。われに返った手の中に、脅迫状はまだ握りしめられていた。あやうく未遂で踏みとどまった、とごくりと喉が下りるのと同時に、頭上から、おまえはなにもやっちゃいないぞ、と洞窟の中のように割れてこもる声がのしかかるように降り、現場を一刻もはやくとばかり逃げ帰った。

冷静を取りもどしたとき、なにが自分をそうさせたのか、と疑問にとりつかれた。夢を見ていた、夢遊病みたいなものだった、とはじめにはおもった。しかし時間の経過をおそるおそるさかのぼってみると、ペンをとった最初の手つきやわざと角ばらせて書いた脅迫の文面、便箋を差し照らしたスタンドの明るさまでが、鮮明によみがえった。その鮮明さに妖しさを覚えこそすれ、夢に罪をなすりつけるもくろみには無理があった。

三十代も半ばをすぎて、大手デパートの家具部門エキスパートとして過分な役職につき、妻と小学二年生の娘、水いらずの三人暮らし、金に困っていることはない。それがなぜ、取引業者でもない菓子会社にたいして、金を出せ、出さなければ製品に毒を入れるなどという手紙を送りつけねばならないのか？　そこがすっかり真っ白で裏が見えない。考えようとすると頭の中が雨降りのテレビ画像のように乱れ、いらだってまばたきがぶるぶると震えた。そしてどうしてもわが身に起こった異変の理由を探らなければならないという消えない欲求に押されて、あらためてグリコ・森永事件の詳細を調べるようになった。

だが、新聞の続報や囲み記事、週刊誌、ドキュメントの類いを一字一句拾い読むそのことが、根っこが見えず陥っている状況のさらなる進展だったとは、あとになって知ることである。まして一度ならず、二通目となる脅迫状まで書いてしまうとは……。振り返って、なんであんな狂妄にとりつかれていったかと、悔恨が長く研太郎をさいなんできたのだった。

秩父は影の盆地と呼ばれる。神体山として盆地の真南に座し、つねに陽の背となって、しかし光ほどにもまぶしい影の山容でそびえる武甲山を人々がいつき、つつましく生をいとなむ土地柄がいわれである。十二月三日の夜祭りに代表される土と森、民衆の絆にはぐくまれた祭礼が年中多彩で、西武秩父駅前のロータリーからバスで約五十分、小鹿野町が伝える鉄砲祭は、それら祭礼すべての最後に、ゆく年をしめくくるかたちで奉じられる。

研太郎がバスを降りたとき、豊かそうなたたずまいの家々があつまるその山裾は、昼下りの広々とした日だまりのなか、早くも見物客であふれていた。

神事の場となる飯田八幡神社の前は、石の鳥居の手前から細くまっすぐな参道がのびる。沿道には、天下泰平五穀豊穣など、墨跡雄勁な祈請の文言を白地に染めこんだ幟が太竹をしならせてはためき、竹籠、刃物、たこ焼き、べっこう飴と、これはどこの縁日でも見られる露店がぎっしりとならぶ。境内下の広場には放りおかれたような花笠の山車が一台、花道もしつらえられた櫓舞台では、子供たちの歌舞伎が大きな声で演じられていた。

広場と境内のあいだには十五段ほどの急な石段がある。のぼると目の前が入母屋造り、赤トタン屋根の拝殿で、屋内では羽織袴の男たちが奉納品を受けつける役、太鼓を打つ役、とわかれて立ちはたらいていた。唐破風屋根をのせ、唐獅子と竜の木鼻で飾った向拝から五色の綱が三本下がっていて、引くと、鈴の音が軽やかに転がり出た。ひととおり歩きつくしたあとで、石段下の狛犬を囲んでたむろする数人のカメラマンの近くに、場所をとった。

法被姿の消防団員がロープを張って参道を仕切り、通行を遮断すると、それが合図のように人の壁が厚みをました。そしてゆるゆると、祭りが動きはじめた。境内の厩舎につながれていた二頭の白馬が引き出され、危なっかしい足つきで石段を下り、鳥居のほうで準備にはいる。脚立にまたがって高さを確保する者が出てくる。やがて、控え所にいた三、四十人の猟師たちが銃をかかえてものものしく立ちあらわれ、ざわめく人垣を割り、ずらりと両脇の最前列に展開する。襟に毛皮のついたジャンパー、赤いグレンチェックシャツ、それぞれ似合いの装いにみな誰もあずき色の揃いのひさし帽をかぶり、肩から八幡神社空砲奉納者と書かれた黄色い襷を懸けている。銃口には四垂折りの紙垂がくくりつけてあった。

いつしか、ひとつずつ配置につくうごめきと重なるように半月の空も暗さを深め、地上はほどよい闇に沈んだ。

「お立ち、いきますよ」と、開始を知らせ合う係員同士の声がおもいがけずすぐそばで聞こえ、はずみで研太郎も右、左と視線を誘いだされた。見ると、拝殿の正面、石段の上で、御神馬とくっきり文字の浮き出た小提灯が、回されていた。

人のつくりだした回廊の暗がりを通って最初に進んできたのは、露払いというかっこうの青年団員の一群だった。つづいて十メートルぐらいの大名行列が、奴っこを先頭にやってきた。お練りが猟師たちの前にさしかかったそのとき、銃がいっせいに空へ向けられ、轟音が闇に吸われて響きわたった。同時に、筒口からオレンジ色の火花がほとばしって、太い弧をえがいた。火花は参道中央の頭上で交差し、一瞬のかがやく炎のトンネル、さながら血の色の産道をかたどり、消えつつ金の粉雪となって舞い降りる。行列はそれを合図と走りだし、全員、一心に石段を駆け上がった。

間を置いて、つぎは神馬が来た。平たい烏帽子、胸をつつむ白の浄衣、わらじ履きの仕丁四人に前後四本の手綱をくられ、背中に幾重にも縄でたばねた幣束が戴せられている。猟師が待ちうける一画へかかると、前とおなじに銃が放たれ、轟音と火花のアーチが浴びせられる。そこからはやはり、勢いよく走りだし、人馬一体一気に石段をのぼりきる。走りだすのは発現した神の荒らぶりを表すのだろうか、もう一頭の神馬と、そのあとの長老組の行列でも、まったく同様の所作がくりかえされた。

神事が終わると、そこには闇だけが取り残された。直後は熱いさざめきが、柔らかくて張りつめた塊りのように立ちよどんだ。塊りはいったん、めいめいの動きと会話でひしめいたあと、細胞膜の一角が破れたとばかり、一つの方向へ流れだした。車で来た者は駐車場へ。バスで来た者はバス停へ。しかし狭い参道の足なみが渋ると、ばらばらと弾けた態で脇の畑へ下りる人々がつづき、研太郎も押されて前にならうはめとなった。みな必要以上に急いでいるように見えた。

「こんなにバスに乗れないよ」と連れにうったえる若い女の声が通りすぎる。すると声にあおられたからか、周りの数人が急に走りだした。「走ってる人はみんなバスってことでしょう」と中年女性の不安げな声が背中にへばりついた。

不意に研太郎も心配になった。たとえ臨時バスが用意されても、数は少ないかもしれない。すし詰め状態。駅まで五十分。ずっと立っていたので座って帰りたい。気がつかないうちに研太郎も巻きこまれていた。だれもが競って走っている。畝に足をとられながら、後ろに抜かれるたび、焦りであえぐ気分に引きずられた。

十メートル、二十メートルと走って、立ち止まった。後ろを走っていた女性が背中にぶつかり、キャッと声をあげた。ああ、と溜息が出た。これはパニックだ、と苦い笑いをかみころした。闇に目をよくこらせば、走っている影はわずかなのだ。

研太郎はいちど目を閉じ、空を仰いだ。目を開くと、半月をうずめる輝きで満天に散る、星星。息づく氷片たち。まだ終わっていない、終わらない、そうおもった。

2

夢を見た。赤っぽい、ぶよぶよした道がのびていた。踏み応えのない、薄っぺらな帯に似た道だった。その道が天地縦横、綾の目によじれによじれて、全体をみれば巨大な繭をつむいでいた。彼方では、道と道が触れて紫の稲光りを発している。その道を研太郎は走っていた。斜めにも逆さまにも走っていた。何を言っているのか自分にもわからない言葉を吐きながら走っていた。前を、横を、後ろを、車ほどもある大きさのネズミが一緒に走った。

正月三が日は一歩も外に出ずすごした。サラリーマンが勤めを再開した朝は、うっすらと覚めた耳に、ふだんは気にもならないドアの閉じる音、足音の気配が、研太郎をもせきたてるように侵入し、妙に落ち着かない心地にさせた。

昼近くに起きて顔を洗った。顎をたなごころでさすると、ざらりとした感触をおぼえた。鏡に突き出した顔が、髭できたならしく黒ずんでいる。電気カミソリを取りだし、スイッチをオンにする。ところがカラカラと起動だけして、止まってしまった。充電のため壁のコンセントに差しこんだが、時間がかかる。なんとなく待てない気分だった。正月ぐらいは小綺麗でいなくてはと理屈がわいて、スーパーへ足をむけた。

髭剃り製品は二階雑貨のフロア、化粧品や染毛剤が並ぶブースの端に、フックに掛けて陳列されていた。一つ手にとり目をよせると、ジレットセンサーエクセルと製品名が英字でつづられ、パッケージに「肌の凹凸にフィットする動く二枚刃」「ヒゲを引き出すマイクロフィン」「ボーナスパック替刃５コ付」と記載がある。そのときふっと鼻先に記憶の奥でくすぶる藁のにおいのようなものを感じたが、指をかけた隣りのもう一つ、シックスーパー・プラスという品に貼られた値札、六百四十円に目がとまると、にわかに場面が立ち上がった。あのときも同じ値段だった……と十数年がたっても変化していない価格にそれとなく歳月の徒労をただされた気がして、瞬時、ざわっと鳥肌がたった。

そのころ、研太郎の朝の風景は判で押したように変わらなかった。就職し、結婚をはさんで十三年間、同じ時刻にセットされたままの目覚し時計で、目を覚ます。五分後に床を離れ、まず台所で一杯の水を飲みほす。学生時代、同級生が尿道結石にかかり、陰茎から血を出し激痛に苦しんだという体験談を耳にして以来の、予防の習慣だった。研太郎より三十分早く起きる妻が朝食の準備をしているあいだに、洗顔をすませ、宵っぱりで寝坊の娘があわただしくテーブルにつくまで、ゆっくりと新聞を繰る。新聞の背の折れ目をホッチキスで綴じるのは、町の中華食堂でそうしてバラけなくしているのを見て感心し、真似をしてみたのだが、カシャカシャカシャと三か所、ホッチキスで手バサミにすると奇妙な爽快感が胸腔にみち、いつとは知らず欠かせない日課になっていた。

怪人21面相こと、グリコ犯が影をひそめてまもない五月、研太郎は、仕事でも家庭でも充実している、そうおもいこんでいた。いちばんの理由は、未遂だったとはいえ自分がなぜグリコ・森永事件のコバンザメなぞになったかの疑問に結論が見えたからだった。

事件を調べるなかで、研太郎はいくつかの可能性をさぐった。自分はなにもしておらず、なんらかの超常現象が起こって他人の記憶が侵入した、あるいは、記憶の体系の一部が癌細胞のコブのように増殖しそのコブであるところの実体なき記憶が脳内に棲みついた、とほとんど荒唐無稽におちいって、SF小説や病理学の本を読みあさった時期があった。

あるときは、理由なんかないのだ、とおもった。あれは自分が生きていることの証を得るための衝動的な行為、自己証明への突発現象だった、と。青くさい怠惰な感傷が胸にあわ立ち、胡乱な快楽につき動かされ、深夜の散歩者をきどり、春の公園によろばい出た。姿のない風にしだれるように、桜のはなびらが舞っていた。だが、闇の冷たさが襟首から落ちてきて、にわかに身震いにおそわれた。ごつごつと粘つくような幹に手をつき、何度か空ら吐きするあいだ、そんなことではない、もっとなにか因果関係の糸に結ばれている、もっと現実の流れの上にあったと、嘲るように思考の奥底でささやく声が止まなかった。

突破口は、コバンザメになったのが自分一人でないと気づいたことだった。コバンザメの前代未聞の発生は減ったとはいえなお散発は止んでいない。しかしこのコバンザメたち、どこまでそのずるがしこさ、便乗・模倣の意志をかためて犯行に及んだのだろうか。しめた、これはいい、これなら俺にもできる、とホンモノの上前をはねる気を、よこしまなりにどこまで腹をくくって目論んだのだろうか。ほとんどのコバンザメが不用意に姿を見せてはあっけなく捕まった。ホンモノの用心深さ、周到さにくらべ、所詮は便乗・模倣犯の浅はかさ、愚かしさだけが、ただ露呈された。しかも先行者が笑い者に終わっているのに、後続が学習した形跡はうかがえない。だれもが犯意の衝動は曖昧なまま、死屍累々を後追いしたようにしか見えなかった。

そこから研太郎がひらめいた言葉が、パニックだった。この事件は、五月十日の報道直後から起こった流通業界こぞってのグリコ製品撤去騒動をはじめとする、有形無形、さまざまな形態のパニックを社会にもたらした。コバンザメの異常発生もその一つではないか。つまりコバンザメの犯意は世相からあぶり出されたもの、世間が常として持っている、煽られる本能に導かれたものだったのではないのか。コバンザメはコバンザメなりに、世相との合一をいやおうもなく求めてしまった、いや求めるべく流されてしまった、そんな結果の行動だったのではあるまいか。自分もそのパニックに巻きこまれた。ぞろぞろと湧いて出たコバンザメの群れに、パニックだからこそそのわけのわからなさのまま、自分も引きずりこまれ、拒みようもなく暴走した。そうにちがいないと、研太郎はおもった。

研太郎はすぐにパニックについて著わされた文献に当たることをはじめた。心理学と社会学の本、一九二九年の世界恐慌の本、パニックを題材にした内外の小説、ハーメルンの笛吹きの絵本、とあとでおもえば支離滅裂だが、そうして模索するなか、はたと傍証におもいあたった。

研太郎には、石油危機がきっかけになった狂乱物価の際、紙不足から品切れが予想されたトイレットペーパーの買いだめ騒動で、押入れいっぱいのかき集めに走った体験があった。スーパーや薬屋の店頭に主婦が殺到するテレビニュースの映像にいてもたってもいられず、通勤沿線の駅で下車してまで、トイレットペーパーを物色したのだ。まだ駆け出しだった勤め先では、社員に通達が出、流通業界にたずさわる者がいたずらに騒ぎをあおるような真似は慎むようにと戒められてもいたが、余ってはいまいかと、他社デパートやホテルのトイレにまでも立ち寄った。駆られる衝動に抗えなかった。なにかに憑かれ、理性のはたらきが鈍らされていた。まさにあれこそ、パニックがわが身に及んだ事態。そう振り返ると、コバンザメになったことについても、パニックの解釈がいっそう正しく見えた。研太郎は到達感でおもわず口元がほころんだ。くつろぐ感覚が満ちてきて、あるべき日常がやっと返ったとおもった。

ゴールデンウィークが過ぎてとった休暇の三日間を、研太郎は応接間のソファに深々と浸かり、大半をとろとろと、半睡状態に身をまかせて送った。さすがに三日目には妻の千穂が、「なんです、ぬいぐるみみたいに一日中そこに座りこんで。桃子をつれて、散歩でもなさったら」とあきれ顔で声をかけてきた。

午後、千穂が出産後に通いはじめたテニスクラブへ出かけてから、ためしに娘の桃子をさそってみると、意外にも行くと言う。

「どこへ行きたい?」

「スーパー」

行き先がありきたりにおもえたが、GパンTシャツに麻のブルゾンをひっかけ、駅前のダイエーへ向かった。住居であるマンションから駅へは幹道沿いにゆるい上り坂になる。桃子は外へ出るなり研太郎の手をにぎり、じわり汗ばんでも、ベストテン番組で流れるような歌をたどたどしく口ずさんで、着くまではなさなかった。

一階の女性の装飾品売場から五階の電化製品売場まで一緒に見てまわった。何にでも関心をしめして飽きずうごきまわる桃子に、おもわず妻をかさねて苦笑いをもらした。地下の食品売場へ下りたところで、「好きなもの一つだけ買ってあげるよ」と言うと、えっ、と桃子は大きく目をかがやかせた。つぎの瞬間、高いのはだめだぞ、と加えた注意も聞かずに、あっという間に奥へ走りこんでいた。そしてあっちへ行き、こっちへ行きと姿が見え隠れし、なにか手にしてもどりながら一メートル前で迷ってまた引き返す、をくりかえしてから、手のひらをちょっとはみだすぐらいのものを差し出してよこした。ガムをスティック状に包装した品らしく、百五十円の定価だった。

「これで、いいの?」

「うん」ににこにこと嬉しそうに見つめ返す。研太郎には、娘の選択の基準がまったくつかめなかった。

レジを抜けてから、買い忘れたものがある、とそこで待たせて、研太郎だけ四階の紳士売場にまいもどった。化粧品類のコーナーに、目当ての髭剃り用品が揃っていた。髭がうすいせいもあり、三十半ばまで電気カミソリしか使ったことがない。それが一種の劣等感となってわだかまっていた。一度人並みに剃ってみたいと強い誘惑をおぼえていた。それをずるずる先延べしてきたが、おそらくパニックという言葉を得た余波といったものだったろう、この日は心に弾みがきざしていた。研太郎はコーナーにしゃがみこんだ。ホルダーだけのパッケージ、替刃とセットのパッケージ、とよりどりの製品を両手にかかえたとき、未知の冒険にふみだした少年のような胸の高鳴りにとらえられ、顔面が紅潮して熱くなった。結局、「二枚刃だから肌に無理なく深剃りがきく」「3ステップシェイビング」「替刃はアメリカ製」と、常用者にはわかるのかもしれない表示の、値札の六百四十円が高いか安いかも判断できない、シックスーパー・二枚刃替刃二コ付なる製品を買い求めた。いったん支払いをすませてからレジをもどり抜け、シェービングフォームの一番小さい缶にも手をのばした。

夕方、風呂から上がった洗面台で、さっそく試みた。イメージではソクラテス、アリストテレスの顎鬚のように白い泡がこんもりと顔半分を包むはずだった。しかし泡は意外にねっとり固く、生クリームのような冷たさに期待を裏切られた気がした。気をとりなおしてホルダーを引くと、ヘッドが雪を剝ぐように泡をかき取り、じょりりと髭の根の刈られる感触が皮膚にしみた。二十秒ほどですんでしまい、未熟なためにもっと素晴らしい快感をやりそこねたかと、物足りなさがあとに残った。それでも鏡の中の顔には、はじめての体験をやりとげた満足の笑みがうかんだ。濡れタオルで顎を拭き、指の腹を剃り跡にはわせた。グリコ犯の挑戦状に記されてあった文面が口をついた。「あるときはＫＣＩＡのエージェント、あるときはガードマン、その正体は……」

悦に入ったそのときの顔、鏡の中の表情が目の前をかすめて、研太郎はわれに返った。滅入る気分が差し込んで、唇をかんだ。選ぶでもなくジレットセンサーエクセルのほうをつかみ取り、一階の食料品売場でミカンをひと山買い、足早にアパートへ帰った。

年賀状が一枚だけ届いていた。裏返すと、松井の名が見えた。印刷された干支の虎の頭から尾へかけて、耐えられません、息が詰まりそうです、いちど会っていただけませんか、と字が力なく後ろにいくにつれて小さくしぼんでいた。

3

十日を経ず二度降った大雪のせいで、新宿は二日たっても街すじのいたるところに搔き寄せられた汚い雪山が目につく。旅へ向かうとき、研太郎は新宿駅を利用するが、街中へ足を踏み入れるとなるとやはり警戒心がうごいた。部屋にテレビは置かずにきて、新聞は町売りですませ、工場の昼休み、食堂で置き捨ての週刊誌を流し読むぐらいで、世の中の移ろいは十分に知れた。だから南口の改札を出、まだらな雪面を裂いて黒光る線路と中空に平行して走るいく本もの架線に添って視界をふさいだデパートの建物を前にしても、たしか前々年の秋に進出してきたのだったと驚くことはなかったが、なにとなく眺めるうち、気がつくとライバルの戦略をさぐる目になっていた。新宿には勤務したデパートの支店があった。会社しか頭になかったころの習い性の燠火のしぶとさに、溜息がでた。

待ち合わせたファッションビル五階の喫茶店の窓ぎわに松井は席をとり、夕景のビル群に視線を投げていた。そばで声をかけるまで、デミタスカップを宙にとどめ、いっこうに気づかない物憂げな姿が、研太郎の目には、馴れない転職のダメージをにじませているように見えた。

ところが松井は、仕事では疲れていない、と首を振った。旋盤一台で身を起こし十人余りを雇う板金業を営むまでなった父親の会社を継ぐ以前は、大学を出て就職した商社で二年間、営業部に配属されていた。頭を下げてまわることはそのときに鍛えられた。そう言って虚勢とも感じられる近況報告をひとしきりした。そして、ためらったように研太郎の表情を一瞥して、不意に話のほこ先を変えた。

「柳さん、お子さんがおられたでしょう？　離婚して、私らの工場に流れてきたのではないですか?」

研太郎は、一度二度まばたきを返すしかできなかった。

「死んだ母が言っていました。工場の近くを子供たちが通りかかり、柳さんがすれちがう場面が何度かあった。そのたびに柳さんの目がすっと流れて、ちらりと、切なそうにあとを追ったって」松井の母親は経理と庶務を受け持っていた。「でも人それぞれに事情はあるのだから、こちらからは訊いてはいけない、そう止められていた」

その止められた戒めを破ってしまったと自責の念を隠すかのように、松井はしばらく視線を膝へおとした。そしてこんどは言い訳する口調で、

「自分も子供と別れて暮らすことになるかもしれないとおもったら、柳さんはどんなだったかと」と言葉をつまらせた。

娘の桃子はいま二十歳をすぎているだろう。大学生か……。だが思い出すときは、生まれてから小学生までの姿でしか現われない。初めの一、二年は、人混みのなかを歩くと子供にばかり目が行き、行けば涙がどうしようもなく噴きだした。あふれて、あふれ落ちて、外出さえままならない時期があった。

「どうかしたのですか?」

「前に、神経が変になって部屋のなかを水槽の金魚みたいに一日中うろうろしていたと、話したことがありますよね。じつはあのころから女房との間がおかしくなって。かなり手ひど

く殴ったりしたものだから」

「殴ったって、あなたが奥さんを？」

松井の妻の、暴力をふるわれたらひとたまりもなさそうな小柄な体型と、愛嬌をただよわせる目元がおもい浮かぶ。高校時代一年間ホームステイでアメリカへ留学したことが自慢なのだ、といつか松井から耳うちされたことがあった。中学教師をつづけている関係で、会社を手伝うことはできず、まれに立ち寄っても用がすめばさっさと帰ってしまうため、研太郎も必要以上に親しく言葉をかわしたことはない。家族ぐるみがほとんどの下請け企業体には珍しい、夫と妻の仕事をわりきった夫婦で、それもいまの時代、悪くないと研太郎はおもっていた。子供は女の子で、去年、公立の中学校に入ったはずだ。

「工場をつぶしてしまって、こちらの収入が途絶えたことはまぎれもない事実です。でも、だからといって……。私個人の貯金が底をついたのでもないのに」急に声に憎しみがこもって聞こえた。「あいつは、ちょっと来て、と私を呼んで、生徒みたいにテーブルに着かせ、こう言ったんです。ここに十五万円あります、これで今月まかなってください、それから家計簿をつけてもらえますか」

「それはまた……」

「そうでしょう？　気がついたら、あいつをさんざんに殴りつけていた。子供が泣いて、すがりついて、止めに入らなかったら、半殺しにするまでやっていた。いつ俺が主婦になると言った、家長めいた態度をおまえに押しつけたことがいつあった、おまえが家計簿つけたのを一度だって見たことはないぞ、って。いま思い出しても腹が立って。新規巻き直しで就職する気力がくじけて、変になったのはそのせいです」

「生活費の心配は当面しなくていいと、安心させるつもりだったのかもしれない」

「ちがいます、絶対に。あいつは、自分がとんでもない役たたずをかかえこんでしまったとおもいこんだんです。自立した女として生きていく上での、足手まといができてしまったと。夫がこれから先どう生きていくか、一緒に考えてくれようともしないで、目先の邪魔あつかいをしたんです」精いっぱい抑えた声がすこし裏返った。

「あなたは就職したのだし、もう足手まといなんかではないでしょう」

「それがだめなんです。こんどは軽蔑です、敗者への。小工場とはいえ経営者なら自分にふさわしいけど、平の安月給の夫では均衡がとれないと。実際、私の給料はあいつの半分もないんですから。鼻持ちならないったらない。殴ったのがまずかったのかもわからないけど、それ以来、寝室も別なままです」

「謝ったのか?」

「それは何度も。でも、いつもふんと鼻で嘲笑う感じで。最近では、休日や夜に、自分の部屋に鍵をしめて閉じこもり、だれとかは知らないけれど携帯電話で長話をしていたりする。浮気しているとはさすがに考えませんけど、気持ちのいいものではない。私の関与しないところで、着々と離婚の準備がすすめられている気がしてならないんです」

疑心暗鬼もあるだろうが、夫婦がぬきさしならない事態に陥ったことはまちがいなさそうだった。ただ、倒産がいきなり引金となったかのような説明を、鵜呑みにはできない。夫婦の日常につちかわれた、ちりちりと増殖しながらひそんでいた罅が、亀裂をあらわにしたのかもしれず、いずれにしろ研太郎の出る幕ではない。

「ビートルズに『ゲット・バック』という曲があって、その中にゲット・バック・トゥ・フエア・ユー・ワンス・ビロングドという歌詞があります。直訳すれば、あなたが属していた場所へ帰れ、ですか。知ってます？」

「いや」どんなメロディだったろう？

「自分が属する場所、帰るべき場所はどこなのかと、ビートルズは問いかけていた。子供ができてから私は、それは家庭しかないとおもって、柳さんもご存じのように、何度もがんばって工場の危機をもちこたえてきた。いま工場を失って、でもまだ、最後に帰るべき場所が残っていると信じていたら、それが幻だったというわけです」

「ひがみっぽくなってないか。おい、しっかりしろよ」あえて語気をつよめた。

河岸をかえ、ビールを酌み交わした寿司屋でも、松井の愚痴は堂々めぐりにくりかえされた。しかしことは夫婦の問題だけに、出口を見つけてやることもできず、聞き役だけでいつのまにか時間が過ぎ、閉店の気配に追われるように席を立った。

それでも胸のわだかまりがわずかでもほぐれたのか松井は、また飲みましょう、と笑みを浮かべた。聳えるビルとビルの崖上にかかる冷たい色の小さい満月に気づきながら、酔った足つきの松井をささえ、駅まで歩いた。切符売場に着くと松井は、からめていた腕を自分からほどき、案外しっかりというより、こわばった姿勢に直って、改札で一度振り返って手を上げ、荒い人波に呑まれていった。研太郎はすこし心配なおもいで見送った。

ジャンパーのフードを目深に引き寄せ、顔を伏せて、街なかへもどる。久しぶりの新宿の街がなごりおしかったのと、話の聞き役ばかりでつのった神経のこごりを、もう一軒手ごろな店へ寄って落としたかった。

勤めていたデパートの支店の横を通りすぎた。本館の傍らに新たに南館という別棟が建っていたが、すでに閉まっている。二丁目入口に終夜営業の割烹店が暖簾を出していた。入って熱燗をたのむと、今夜はカプセルホテルに泊まろうか、そんな旅先のような気分がしのび出る。二合どっくりを猪口にゆっくり傾け、ゲット・バック・トゥ・フエア、と口にしてみる。自分もどこかに帰らなければならないのだろうか。そうおもってふと首をひねった。あの歌は帰る場所がどこにもないという意味のものではなかったか……?

グリコ・森永犯が姿をくらまして半年後、研太郎は部下の蒸発事件に直面した。部下といっても一年先輩、春にワンマン経営をほしいままにした社長が解任されるまでは、出世コースをひた走っていた男だった。

前社長はみずからの辣腕におごり、地位を利用して衣料品部門の納入業者だった愛人女性に不当な権益を与えつづけ、マスコミにも取り沙汰されたのだが、失脚後はほどなく特別背任罪で訴追される事態になった。そのせいで社員は、世間に顔向けできない雰囲気をまだ拭いきれず、接客に気をつかう毎日がつづいていた。

十年にもわたった社長の常軌を逸した公私混同に、だれも異を唱えることはできなかった。一人二人勇気をふるうものが現われても、容赦なく人事の餌食にされ、地方の支店や子会社へ追いやられた。いつとは知れず、非難や悪口は社内から影をひそめた。にもかかわらず、良識ある役員や管理職が一人また一人とポストを外されることは止まなかった。そのたびに、密告者がいるからだと、事情通の種明かしが社内をかけめぐった。

高橋は、順調な出世ぶりからみてどうあっても、密告者の一人と信じられていた。前社長の失墜と同時に降格され、研太郎のもとへ流されてきたことも、証拠と勘ぐられた。

周囲の白い目を知ってか知らずか、高橋は気さくに部署にとけこみ、相応の実力を示した。はじめは扱いに気をくばった研太郎も、ひと月とたたずに、ざっくばらんに話し合えるまでになった。スキャンダルにまみれた会社を立て直すには、個人の過去にこだわってなどいられないと、自分に言い聞かせる気持ちもあった。それだけに、開店前のミニ会議のさなか、夫人から電話がはいり、夏休みをとっていた高橋が出奔したと告げられたときは、すぐには何が起こったのか把握できなかった。

「旅行に行ったんです。そこから手紙が来て。このまま帰らない、死ぬことはない、黙って百万円持ち出したが勘弁してくれ、と書いてあって。どうしたらいいのか……」

持ち出したという百万円という数字が、妙になまなましく耳にひびいた。それで事態が見え、研太郎はおもわず天井をにらんだ。夫人は町中でかけているのか、狼狽した声にまざるざわざわとした気配が、受話器をうねって耳もとにまで押しよせてきた。

夫人を会社近くのコーヒーショップに呼び出した。夫人は手紙に同封されていた退職願もたずさえて来た。手紙には、とりあえず部署の責任者である研太郎に連絡をとること、退職願を預け、可能なら目いっぱい有給休暇を消化させてもらったのちに退職日を設定してもらうこと、退職金など必要な手続きの指示にしたがうこと、研太郎はかならずよくしてくれるはずなので信用することなど、どちらかといえば一方的な都合がしたためてあった。

「これだけですか?」研太郎はコーヒーショップの窓から自分のデパートを見た。夏物大バーゲンと、催事場での美術展案内の垂れ幕が二本、壁面にはりついている。

「ええ。ほかになにか?」

「いや、理由がどこにも書いてないものだから。心当たりはありますか?」

「主人は、仕事は家庭に持ちこまない主義だったんです。わかりません」

翌日、部下を集めて、思い当たること、きっかけと考えられる点はないかと尋ねると、一人が「あれかなあ」と、近くの同僚にめくばせをした。トイレで並びあわせたとき、高橋の働きぶりをけなす会話をしていたのだという。あのご活躍は罪滅ぼしのつもりかね。猫かぶってるだけで、そのうちまた上層部にすり寄っていくさ。なにせ前政権のKGBだったたってことだし。現役員たちの弱みを握ってないとはかぎらないからな……。

「軽いジョークでした。まさか後ろの大便所からのそっと出てくるなんて。びっくりして。バツ悪かったです」

そんなことが、会社のみならず家庭からも蒸発する引きがねになるだろうか。研太郎は首をひねり、とりあえず、人事課へ協議しに上がった。人事課は役員にも打診し、どういう意味か、この時期ことを荒らだてたくないと、異例の対応を示した。有給の残日数のあいだは病休とし、その後欠勤は一カ月間の猶予をおくので、なんとか接触し、復帰をうながすように、と下駄をあずけられたのだった。勘ぐれば、高橋はやはり前政権時代の秘密を握っており、それを暴露させないためには会社にとどめておくのがよいと判断した、ととれなくもなかった。しかし結局、一カ月半の猶予期間が過ぎたところで、高橋は退職にいたった。

銚子を二本干して、店を出た。

地下鉄出入口の階段を下り、地下道を通って西口のコンコースへ抜ける。

京王線側の広い一画に、異様な景観がいすわっていた。ああこれがよくニュースになる例のダンボールハウスか、と近寄ってみると、想像した造りとちがってどれも頑丈そうに組み立てられ、すえた臭いがつよくこもってはいるが、なかには門構えといっていい風格を誇るげな立派なものまである。色とりどりに施された屋根や壁のペインティング、七〇年ごろの大学のアジ看板に似た《退去勧告断固拒否》と書きなぐられたペンキ文字が目をひく。自分たちは浮浪者ではない、たまたま時代が掃き寄せた社会的弱者、ホームレスであって、だから退去を強いられても生存権を賭けて戦う、と主張していた。

研太郎は十代のころに来た西口地下の、閑散とした風景をおもい出した。超高層ビルはまだ京王プラザホテルの一棟だけで、新都心開発途上の、打ちっぱなしだったコンクリートの壁や柱が冷え冷えと、通りすぎる者の靴音を跳ね返らせていた。十年たって来たときには、いつしか何本も林立した高層ビルの下に、ビジネスマンやＯＬが途切れることなく行列をなしていた。そしてよく見ると、地下道のちょっとしたへこみや柱の陰に、人の目をすれすれにかわして栖《すみか》とする浮浪者の姿があった。彼らは一様に、そこに姿はあってもだれにも迷惑はかけない、かわりに見える者にだけ見える国境の壁を築かせてもらったというそぶりで、ひっそりと孤独をいとなんでいた。

あの人たちはどこへ行ったろう、と研太郎はあたりを見まわした。一部は吸収されているかもしれない。しかし権利を公言するホームレスの立場は、裏返せば社会とか国家とかの、仕組みの受容にほかならない。権利を求めて結ばれれば、さらに支援者が集まれば、それ自体が淡いながらに社会的な仕組みをかたちづくる。仕組みといったものを苦手として流れてきていた浮浪者は、自然、ねぐらを追われただろう。

中央公園まで来て振り返ると、淡い赤紫色の夜空。都庁舎や高層ビルの窓に、土曜の夜にもかかわらず、ところどころ灯りが点る。公園は残雪が多く、メルヘンの国の森のように明るんでいる。雪と戯れているのだろう、バイクの排気音と若い男女の笑い声が聞こえる。研太郎も芝生に積もった雪の上に入りこみ、手にすくって玉をつくった。この十数年、降ってもこのように触れてみたことはなかったと、懐かしさがこみあげてくる。

雪だるまを作って娘と遊んだ日があった。お父さんこっち、と外に出てきた父親を見つけ、駆けよるはしゃぎ声と、手を引かれたときの手袋の中の小さな手。その温もり。よみがえってきたものに笑みをさそわれ、握った玉を頬に押しあて、桃子、と白い息で呼んでみた。だがみんな捨ててしまった……。破滅し失踪してしまったその日が、いつになく恨めしく瞼にせまった。


「課長は会社が好きなんですか?」

部下の笹山に問われたとき、研太郎はぴくりと身がすくんだ。俺が会社が好きかって?業者の接待を終え、飲み直しに銀座で立ち寄った小さなクラブのカウンターだった。秋雨が客についてきたというように、入口の傘立てが雫に濡れ、カーペットが黒ずんでいる。「好きだから滅私奉公してるんでしょう?」

「滅私奉公なんて」と研太郎は笑った。笹山はもともと遠慮なく口をきくタイプで、新体制に変わってからは会社批判にも躊躇しなくなっていた。

「過労で死んだって、会社は何もしてくれませんよ。社員の忠勤が社長一人、権力の私物化の役にしかたたなかった前政権で、がんばる虚しさは十分知ったじゃないですか」

「だからといって、仕事である以上、最善を尽くさないわけにはいかない」

「おっしゃることはわかっています。だから、課長の責任感には頭が下がりますが、すべての案件に自分で対処しようとしていたら身が持ちませんよ、と言いたいんです。今日だって、本当は任せてもらっても大丈夫だった。向こうも課長が一緒だったから、大事にしてもらっていると心づよかったとはおもいますけど、少しは手を抜くことも考えてください。あとは私たちがちゃんとやります」

接待の酒が効いているのか、またぴくりと身がすくんだ。責任感で俺はそうしているのだろうか。そうしなければ不安だからではないのか……。なぜかふっと、百五十円の商品とともに娘が差し出した小さい手のひらの映像が重なり、頭が瞬時からっぽになった。そして、もしかすると非難されているのだろうか、とおもった。よかれと考えていることが、かえって部下の主体性をそぐと、反発を招いているのかもしれない。そう気づくと、

「いや、君たちの仕事ぶりは十分に信用している」と言葉がでた。

「ほら、そうしてまた気をつかう。どうして課長はそんなに、会社のために自分を殺すこと

ができるんですかね。スキャンダルがらみで社内の空気がおかしくなり、接客応対にも影響が出はじめて、売上げが大低落して、私なんかこんな会社もうどうなったっていいぐらいの自棄な気分だったけど、課長は、人には押しつけなくても、だからこそ倍、三倍、がんばろうって態度を貫いていた。一人で疲れきって会社人間をやっていた」

「褒められているのかね、それとも、けなされている？」軽くいなしながら研太郎は、会社人間というレッテルにつよい抵抗を覚えた。俺は会社人間なんかじゃない、そんなふうに言われたくない、と。

「どっちもでしょうね」と笹山は肩をすくめた。「失礼ついでに言えば、なにかの強迫観念で仕事をしているようにも見えた」

　研太郎はカウンターの端に置かれた備前焼風の大きな花瓶に視線をそらした。鉄砲百合が蒸れるばかりに茶褐色の雄しべをのぞかせて、白い花房をたれていた。急に会話がわずらわしく感じられた。

「それで、みんなで話してるんです。最近ちょっとしたこともあるし、課長に余分な負担をかけないようにしようって」

「ちょっとしたこと？」

「いえ、なに、書類の判が、押すべきところに押されてなかったり、課長が作った回覧の冊子のページがひっくり返っていたり、というほどのことですが、高橋さんの件もあったし、だいぶお疲れなのだろうと。高橋さん、新聞に尋ね人広告、出ていましたよね。応答はなかったんですか」

「ああ……」研太郎はなま返事をした。

クラブを出ると、雨はいちだんと降りを強くしていた。金曜日の夜と重なって、タクシー乗り場は長蛇の列をなし、たたずむ男たちのズボンの裾や、帰りそびれたホステスの靴が黒く染みを吸い上げて惨めなまで濡れ、しおたれている。一度は列の後ろについてみたものの、滑りこんでくる空車は数もまばらで、すこしも前が詰まらず、業をにやした笹山が、日比谷の通りまで出て拾いましょうと提案した。

しかし列を離れてたどり着いた通りも事情は同じで、たまに赤い空車表示が近づくのに手を上げても、そんなものは視野の外とばかり、車は拒否のしぶきを跳ねあげて走り抜けた。濡れるだけのいたずらな努力は中断し、時間かせぎに日生劇場の入口で雨宿りをはじめると、にわかに気分が悪くなった。酔いのせいというより、腰が落ちそうなぐらいに下半身が痺れにとらえられた。

「すみません。列にいれば、もう乗れたかもしれないのに。出しゃばったばっかりに」ぐったりと壁に寄りかかって座りこんだ研太郎の蒼い顔を、笹山は心配そうにのぞきこんだ。

「大丈夫ですか？」

「どこかに水はないかな」胸の内ポケットから鎮痛剤のケースを取り出した。

「薬ですか。用意いいですね」

「ああ、いつも持っている。子供のころ、運動をしたりして極端に疲労すると、尻から太腿へかけて痛みとも快楽ともつかない激しい痺れにおそわれることがあってね。むかし、スモン病患者が続出したときには、下痢するたびに整腸剤を与えていたからもしかすると、と母親に医者に診せに連れていかれたりした。結局は原因不明で、神経性もあるのではないかって話だった。それが大人になっても治らない。それで、いつのまにか鎮痛剤を持ち歩くようになった」

説明の途中で、笹山は、じゃ缶コーラでも買ってきます、と雨の中へ走りだした。水の膜を叩く足音があたりに奇妙にねっとりひびき、そのせいか、すこし意識が錯乱した。最近鎮痛剤をのむ回数が増えている。いや、すっかり習慣化して、毎日のようにのんでいる……。体にわるくはないはずだが……。

「さっき、強迫観念で仕事をしているように見えた、と言いましたけど」笹山は研太郎にコーラの缶を手渡したあと、膝をかかえて横に腰をおろした。錠剤を喉に流しこんだ研太郎の耳にその声は、無為の時間をやりすごすための気づかいに聞こえる。

「あれはほんとうは、自分への疑いでもあるんです。私はこの会社に就職したとき、この会社を私のほうから選んで入ってきたはずだった。会社は自分の人生にとっての一部だったはずなのです。ところが時間がたって気がつくと、会社が、まるで生きていくためのすべてみたいな感覚になっている。会社に自分から手段として帰属したはずなのに、いつのまにか逆に、会社に選んでもらった一員というかたちで帰属させられている。自分個人より会社に人生の優位性を与え、会社への隷従の構造下に組みこまれている。これではいけない、そこから脱しなければならないとおもっても、生きていくためには仕方がない、そんな内なる声に抗えなくなっている。結婚して子供が生まれたらなおさら、家族の生活をゆだねているのだからと、会社が運命共同体であるかのように受け止めるようにもなる。もはや会社から逃れられない、だったら忠勤しかない、がんばって働くしかない、自己犠牲もやむをえない、そんな意識、無意識のなかで毎日が過ぎていく。それも、私だけでなく、みんなそうなのですよね。みんなそうなのだから仕方がないという気持ちにもさせるんですよね。結局、そうして私の中で積み上げられていった会社への帰属意識が、私をいやでも働かせる、働かないではいられなくしている、と」

研太郎は、どしゃ降りの雨の向こうを見つめていた。お堀の水面や石垣、日比谷公園の植込みをおおう闇が、さらに闇を重ねて自分におそいかかり、なにもかも消してくれたらどれほど楽だろうか、と重たげに息を肩でくりかえしながら。

その四日後に、大阪へ出張した。

用件は午後にひとつあるだけだったが、研太郎は朝一番の新幹線で東京駅をたち、まっすぐに安威川へ向かった。グリコ・森永事件でグリコの江崎勝久社長が監禁された水防倉庫。

そこから二キロほど離れて、犯人がなにゆえか残し置いたらしい「えんさんきけん」の貼り紙付きプラスチック容器が見つかる曙橋のたもと。それら事件の初期にかかわる舞台が安威川だった。事件については調べただけすっかり詳しくなったが、一度事件の現場を踏もうと、機会を前からさぐってはいた。

安威川は本流と用水路に分かれて、綺麗とは世辞にもいえない水を這わせていた。整備された河川敷がひろがっているわけでもなく、土堤にはセイタカアワダチソウがはびこり、ドブの臭いさえただよって、荒れた殺伐とした風景が打ち捨てられてある感じだった。澱みには中性洗剤のポリエステル容器、自転車の車輪、川床の黒い底砂には、噴き出した瘴気のように白い泡がこびりついている。

それにもかかわらず研太郎は、河原へ足を踏みいれたとたんに、日々の重力がさわやかに逃げていく気がした。頭の中で重なった風景は、公害垂れ流しの昭和四十年前後、煤煙や騒音にとりまかれながら人々は仕事に精をだし、かといってその姿にはまだ貧しさが濃くにじんでいた時代のものだった。当時を写したモノクロのドキュメント映画をみているようで、カラカラと鳴る映写機の音が、空から抜け落ちてくるように感じられた。

研太郎は流れのほとりまで下り、汚れていない草の上に腰をおろした。東京駅で買っておいた幕の内弁当をひらいて、ゆっくりと口にした。食べおわると、大の字になった。動物園のパンダのように、ごろりごろりと体をもみ転がしてみる。青空の、雲の行き来に目を遊ばせる。目を閉じると、太陽の熱射が顔の皮膚に痛いぐらいにしみ込んでくる。上体を起こす。ススキが風のままにそよぎ、伸びきった穂が光に透けて金色にかがやいている。眠りに落ちる一瞬前のような感覚が体いっぱいにみなぎる。

つかの間、われに返った。

待ち合わせの時刻をみはからって土堤道に立つ。すると、小さい震えが首筋にわき、汗がまといついた。陽炎に五体を押しくるまれたかのような熱感がふわりと肌にしみ、血に溶け、細胞の隅々へと寄せる。空を見上げると、ぐるぐると虹色に回転する太陽を斜めに切って、鳥の黒い影がつぶてのように走った。

ホテルのラウンジで、婚礼用の和箪笥の新しい企画について協力企業と二時間、打ち合わせをした。いつもとちがって研太郎は、おざなりな応答に終始した。コチコチと刻みとられる時間ばかりが目の先にちらつき、わずかしか愛想をふりまけなかった。

ラウンジに一人残り、横を通り抜けようとしたウエイトレスにコーヒーのおかわりを頼んだ。腕時計をのぞき、電話へ向かう。呼び出した部下に連絡事項を聞き、売場や人員に異常のないことを確かめ、受話器を置く。また席につき、空らになったコーヒーカップを唇にはこんだ。

ホテルのタクシー乗り場は横目ですり抜け、大通りに出て手をあげる。すり寄った空車マークの個人タクシーに乗りこんだ。いくつめかの十字路を過ぎたところで工事標識にはばまれ、渋滞に巻きこまれた。狭くなった車線を一台でも先に出ようとクラクションを鳴らしてひしめく車の群れを眺めていたとき、幻想にとりつかれた。車がみな、太ったネズミに見えた。ビルとビルのはざまを、通りという通りを、ネズミが駆けめぐっている……。研太郎はぎょっと目をみひらく。つぎの瞬間、急に動きだした車の衝撃で嘘のようにかき消えていた。背から首へ這いのぼった冷たい汗が、いつまでもじっとりと引かなかった。

そのファミリーレストランは、阪急梅田線の駅近くの幹道沿いにあった。外観はお菓子の家の趣をまとっている。レジの前のフロアを十分にとり、ショウケースには玩具やぬいぐるみ、菓子の袋が並べてある。混んでいた。研太郎は、テーブルごとにとびかう大阪弁のあいだをぬって、空いている奥の席に着いた。

後悔の念が脳裏をおそったのは、直後のことだった。なぜここへ来てしまったのだろう、来なくたって支障なかったではないか……。そうおもったとき、明るいと感じて入ってきた店内がうす暗くよどんだ気さえして、膝が小刻みに震えだした。

グリコ本社宛ての脅迫状をまたしても書いたのは、高橋の依願退職が発令した日の夜のことだった。前のようには抑制がはたらかずにポストの口に消えた脅迫状には、金の受け取り方法をこのファミリーレストランに電話を入れて知らせると日時を指定してあった。電話は便利屋がかける手筈だった。匿名の依頼状をバス停のベンチの背板に書いてあった住所へ、読み上げる文面を記し、一万円札を添えて郵送しておいた。

《二十五ニチ　十八ジ　スイボウ倉庫　カラ　アケボノ橋　ヘ　ムカッテ　アイ川　ノ　ホトリヲ　アルケ……》

だが、便利屋が本当にかけてくるだろうか、期待と不安がいりまじった雲がむくむくと胸にわき、息がつまった。

電話が鳴る。しかし、まだ十分前……。レジの女性がカウンターの死角の位置から受話器を握り出し、なにごとか応じた。受話器が置かれるとともに、背後の小ぶりな扉が開かれ、二人の背広姿の男が顔をみせる。二言三言女性と言葉をかわし、すぐに引っこんだ。警察……。考えれば、当然だった。するとますます不安がふくらみ、この場を逃げ出したい衝動にかられた。が、かえって金縛りがかかり、時間の檻に封じられた。

研太郎は瞼の裏に、見てきたばかりの川をおもい浮かべる。川原には、ゆらりと、のびやかな光があふれていた。現実のいとなみとは隔絶して、睡魔のように手招く世界がひそんでいた。気持ちよかった。

ふたたび電話が鳴った。便利屋が仕事をやり遂げてくれたらしいことは、受話器を置いたあとの女性のきょとんとした表情で明らかだった。さきほどの男たちがまた現われる。陰で録音していたのだろう、額を寄せてなにごとか打ち合わせをすると、二人同時に、店内にするどい視線を投げてきた。犯人のコバンザメが様子を見にきているかもしれないと疑う身がまえをにじませて。

研太郎の不安はそのとき恐怖に変わった。捕まってしまう……。逃げなければ……さりげなく金を払って店を出て……逃げなければ、と頭の中で言葉がもがいた。

しかし立ち上がる前に、まるでミズスマシが泳ぐような静かな素早さで、二人の男は揃って研太郎の横に立った。

「失礼ですが、ちょっとご協力いただけますか。警察の者です」有無をいわさぬ口調だった。じつは見えない所から挙動不審者を見張っていたというように。

「は?」研太郎は視線をそらし、他の客たちを見た。男の一人客はほかにだれもいないと瞬時に気づいた。

「警察って。えっ、なんですか?」

落ち着いて対応するしかない、そう言い聞かせたが、声がうわずったことは自分でもわかった。

「この店には、どういうご用件でおいでですか?」男の目が、震えのとまらない膝をじっと見すえる。「こちらの方ではないですね、東京の方ですか」畳みかけてきた。捜査のプロの勘が、研太郎を獲物にとらえたことはまちがいなかった。

「どんな用件て、なんで私が答えなければならないのですか?」とりあえずはふつうに反発し、逃げ道をさぐった。東京の方とは、脅迫状の消印を示唆することかもしれない。うかつに返答はできなかった。「体の具合がよくないので、休もうと立ち寄ったところです。仕事の帰りでね。朝から腹をこわしていて、力が出ないんだ」

これで膝の震えのいいわけになったろうか、と腹をさすってみせ、すると本当に差しこんできた。ぐるると鳴った腹の音に、はじめて一瞬、目と目が合った。

「さしつかえなければ、名前と住所を聞かせてもらえますか。見たところ、まともなお仕事についていてられるようだし、名刺をいただけませんかね」すこし言葉が改まった。

名刺？　喉がごくりと動いた。名刺を渡したらどうなる？　指紋だ、と見抜いた。身元もそれで丸裸になる。のちに会社に訪ねられ、脅迫状の字と並べて、筆跡鑑定を求められるかもしれない……。だが、どう応じるべきか、なにもおもい浮かんではこなかった。押し黙った研太郎を、相手も無言で出方を待つような間合いがあった。研太郎は狼狽した。恐怖がまた水かさを増した。

「すみません、トイレに行ってからにしてください」と切羽詰まって男たちを押しのけたのは、本当に急の下痢にかられたからだった。追いつめられた緊張が体の変調をうながしたにちがいなかった。

トイレへ一目散、走りこんだ研太郎を、彼らがどう考え、どのような態勢で戻るのを待ったのかはうかがいえない。咄嗟の真にせまった動きに虚をつかれたのかもしれない。あるいはまだ容疑者でもない者を、出口で見張るという真似はさすがにできなかったのではないだろうか。少なくとも、いちばん端の個室にだけネジ鍵式の光採りの上窓が付いているとは、事前に調べがついていなかっただろう。

気がつくと研太郎は、昏れ落ちた街の代赭色に染まる舗道を、必死のおもいで走っていた。逃げるのだ……追ってくる……そう、その調子で……まだ追ってくる……振り向くな……逃げるのだ……。ただ、走って、走って、走りつづけた。

やがて、街の小暗い隅々から二匹、三匹とネズミが現われ、研太郎の前後を、競うように走り出した。自分の足音とネズミたちの足音が混じり、音の靄が頭の中にたちこめた。靄の底から声が生まれて、しだいに大きくなって割れてひびいた。おまえは……あの雨上がりの朝、ほんとうは二通の手紙を持って出たのだ……。一通はグリコへの脅迫状。もう一通は、密告状……。

社内には密告の嵐が吹き荒れていた……。社長へ服従を表していても、うっかり不満をもらしでもすれば密告者の餌食にされると、疑心暗鬼がはびこっていた。やがて、密告されなくとも、密告をする側にまわらなければ社長の反対派として怪しまれるとの風説が、荒廃を下地に十分はぐくんだ社内にみるみる吹き渡った。見えない矢が身辺を飛び交っている、自分がその標的かもしれない、上司は部下の目にこび、部下は同僚の耳に油断なくかまえ、ゆがんだ緊張が全社を支配した。

おまえは、そんな会社に憤った。一方で、いつ自分が刺されるかもしれないと、ひしひしと迫る牙の恐怖におびやかされた。無実の罪に落とされてはかなわない、わずかでも批判の感情を吐露したりする前に、手を打たなければ……。ある他社との接待の席で、直属の部長が、業績の悪化の責任を社長がとるのは当たり前だ、と口をすべらせたとき、葛藤がはじまった。先んじなければ……競争なのだ……行動しなければ……さもなくば……やられるのは自分だ……。そして、そんな卑劣な行為に染まってはならぬと叫ぶ声と、組織で生き残るためには仕方がないとそのかすか声が押しつ戻しつした果てに、二通の手紙がしたためられた。

おまえは自分の行為を認めたくなかった。手を汚したと、記憶に残すことに耐えられなかった。耐えられなさの末、無意識に行き着いたのが自分を騙すことだ。書いたのは密告状ではなく、グリコへの脅迫状だったと事実をすりかえ、卑劣さをその下に封じこめる。不都合な事実を記憶から消し去ってしまう。無意識にそのように自己催眠にかけようとした。おまえは、二通の手紙を持ってポストの前に立ち、密告状だけを口から落とした。脅迫状を手元に残し、投函の行為が未遂だったとおもい込むことで、密告状の存在をおし隠した……。たくらみはまんまと成功した。そのかわり、手元に残った脅迫状の意味、自分がなぜコバンザメになったかの疑問に、納得できる説明をつける必要が生まれた。すがりついた解答がパニックだった。自己催眠で卑怯な行為をコバンザメの犯罪という衣装に着せ替え、さらにパニックという社会現象の鎧でおおったのだ……。卑怯者だ……おまえは……卑怯者……なんてやつだ……。

頭蓋の壁にはねかえった声は、やがて急速に、靄の彼方へ遠ざかった。街は、夜のとばりを下ろしていた。逃げるのだ……とあえいだ。周囲にはネズミが数をいっそう増やして走っていた。ネズミがなぜ追ってくるのかと訝りながらも、一歩一歩、重い足を前にくりだした。逃げる……走る……そう……振り返らずに……。自分に何が起きたのか、どこへ向かうのか、いまは考えずに。

そのまま、研太郎は失踪者になった。

4

近所の寺の境内で紅梅が満開になった二月の半ば、どこでもらったか風邪をひいた。全身がだるく、腰から太腿にかけて鈍くしびれ、熱をはかると八度を越えていた。

何年か前に買った風邪薬の残りをのんで夕方まで寝ていたが、効いた感じにはなれなかった。薬が古すぎるのにちがいないと、起きて服を着込んだ。まっすぐに立っているのもつらい体に言い聞かせて、底冷えの路地へ出た。いつもなら五分で着く商店街までが何倍も遠かった。アーケードの中は街灯と店からこぼれ出る光でむれ、熱のせいか、ハッブル望遠鏡で撮った星雲の一つにまぎれこんだような非現実感にとりつかれた。薬屋の内部はまぶしいぐらい煌煌としていた。風邪薬のコーナーで、たくさんあるパッケージの一つ一つを手にとり、成分と効能をながめた。同じような成分なのに値段が異なるのはメーカーの知名度の差だろうかとおもった。錠剤、カプセル、顆粒、一日三度服用型、朝と夜二回持続型といろいろあって、選ぶのにけっこうてこずった。

スーパーの前を通りかかり、朝から何も食べていないとおもい当たった。食欲はない。だが、食べて栄養をつけよ、と別の自分が命令した。薬も食後と用法に書いてある。鍋をつくろうと材料を買いこんで部屋にもどった。鍋がいちばん簡単と考えたのだが、野菜を洗って切る手が重く、出来合いの弁当にすればよかったと後悔した。鍋に汲んだ水にだしの素を溶かした。皮を剝いだ甘塩鱈の切り身を二切れ、イチョウ切りの大根、生姜のスライス、しらたきを入れ、煮立ってきたところでえのき茸、椎茸、ねぎ、白菜の順に放りこんだ。そのときになって豆腐を買い忘れたと気づいた。物足りなさと悔しさを少し覚えた。ポンズ醬油につけてもあまり味を感じなかったが、できるだけたくさん口に運び、そのあと、買い置きしてあったCCレモンで薬を喉に流しこんだ。体力をすっかり使いきり、ボロ屑になったような気で蒲団に横たわった。眠りに引き込まれるなか、つまりはおれは死にたくないってことだな、とせいぜいがんばった自分を笑った。

夢はときに、忘れていたことをよみがえらせる。再現されたのは、社長の巡回の場面だった。巡回はフロア視察と称し、ときどき不意打ちで行なわれた。総務のとりまきを引き連れた行列に、持ち場の社員たちは整列こそしないものの客はそっちのけ、見送るために姿勢をただす。フロア責任者はあわてて近くまで出、軽く一礼する。研太郎が一礼したとき、社長の足がとまった。じろりとにらまれたが、なぜにらまれたかがわからない。さらに身を低くして必死に考えるがわからない。怒鳴り声が落ちてきた。わからないまま、申し訳ありません、と全身を石のようにこわばらせた。そこで目が覚めたが、夢の中の緊張が肩や背中にとどまっていた。

不甲斐なかった自分が思い出され、研太郎は粘つく息でうめいた。取締役会で解任決議を突然つきつけられたとき、社長は「なぜだ」と言って一同を睥睨したと伝えられた。メディアはそれを裸の王様に喩えたが、そうあっさり言い切れることではない。社長は自分がやってきたことを何一つ間違っているとはおもっていなかったろう。さながら会社という神に仕える祭司のように、社員という信者全体の要として、会社のためだけを考え、正しい経営をやっている、それを社員たちも評価してくれている、と本気で信じていたのだ。事実、社員はたとえ恐怖が支配していたにしても、従属することによって結果的にその君臨を支持していた。裸の王様というなら、社員もすべて一緒に裸だった。

業務上背任の罪に問われ、裁判になっても彼は無罪を主張しつづけた。その間、自分は何かの罠にはめられたと弁護士にうったえたという。間違ったことを正しいと信じきっている人に、間違っているとわからせることはむずかしい。非論理に論理はなかなか勝てない。彼は有罪になってもなお、会社への自分の功績は絶大だ、ひそかに自分を支持してくれている社員がきっとたくさんいる、とおもいつづけていただろう。自分がたった一人であることを、死ぬまで気づかずにいたにちがいない。

風邪はなかなかしぶとかった。食事は鍋に野菜を足してしのいだが、最後は白菜だけ、鱈から出ていた塩味も失せ、味がほとんどなくなった。流しは残飯や汚れた器、空き缶であふれた。汗をかいてそのたびに着替えた下着が山となり、薬臭さのまじった臭いが部屋中にこもった。四日目にようやく熱が下がった。床をたたみ、窓と入口のドアを開け放ち、風を通した。流しを片づけ、ごみ袋をまとめ、洗濯物をかついでコインランドリーへ向かった。

洗い上がるまでの時間、喫茶店でコーヒーを飲んだ。店の棚に積まれた新聞に目を通すと、一週間ほど前に新宿地下のダンボール街が火事を出し、一組の夫婦を含むホームレス四人が焼死したが、他のホームレス全員が区の用意した施設に移ったとの続報が載っていた。

時間を見計らってコインランドリーに戻った。洗濯槽の蓋を開けると中が空っぽだった。うろたえて周りを見ると、近くの台にビニール籠に盛られたかたまりがある。表面に出ているTシャツの柄からそれが自分のらしいとわかったが、下着類は皆似たようなものなので、慎重に確かめていると、

「最近若い人で、二時間も三時間も帰ってこない人がいるのよ。あとの人が使えなくて困るのよね」

戸口から声がかかった。振り向くと、年輩の女性が眉をしかめて研太郎を見ていた。女性

が何者なのか、このオーナーなのか、こっそり監視していたのか、いまは洗濯機のすべてが使用中でもないようだが、と胸に湧いたおもいは抑え、「すみません」と謝った。それでもまだにらんでいるので、「気をつけます」と付け加えた。女性はそれで溜飲をさげたか、こちらが若い人でなかったからか、「わかってないいんだから」と捨てぜりふともとれるひと言を吐き捨て、通りの一方へ歩み去った。

わかってない？　何を？　見送りながら反芻すると、場面が薄くよみがえった。部課長会議の席上、社長批判じみた発言をしてたちまち左遷された課長補佐のことが、居酒屋で話題にのぼったときのことだった。連れの同期が、「会社とはどういうところなのか、サラリーマンとは何なのか、彼はわかっていなかったんだよ」とたしか言ったのだった。あのとき同期は、会社とは、サラリーマンとは何であると言ったのだったか……。あるいは何も言わなかったのか……。記憶の輪郭はそれ以上に結ぶことはなく、関心はたちまち目先の物象にひきもどされた。

籠に手をのばした。一瞬、濡れた洗濯物が他人の手でつかみ出されたことに不快をおぼえた。中身をほぐすようにして乾燥機に放りこむ。ドラムの回転とともにくるくると舞う布たちを見ているうちに、病み上がりの快感めいたものが体からじーんと沁み出してきて、ひととき、備えの折りたたみ椅子でうつらうつらした。

5

深夜高速バスは、高速道路の入口で車内の灯りをすべて消し、運転席後ろの遮蔽幕も引いて、西へ向かった。乗客のほとんどは馴れているのだろう、乗りこむとすぐにリクライニングを倒し、おのおのに薄い毛布を前にあて眠る姿勢をととのえ、暗い車中に気配をひそめる。囁き声も起こらない、しわぶきひとつない予想外の静けさに、研太郎はどこかへ護送される囚人になった気がした。閉所感にたえかねて、窓のカーテンをすこしめくり、箱から首を出す心地で夜景をのぞく。外は雨模様だが、屋根を打つ音は気にならない。濡れた闇の底で、人家の光は果てもなくひしめいていた。

奈良の古社をいくつかと、箸墓、崇神陵、景行陵をまわるつもりだった。巨大古墳は写真でしか知らない。神社を道しるべに旅をしてきた研太郎には、巨大古墳に多くの人が惹かれる理由は考古学的な関心ばかりでなく、鎮守の森と同様、そこがいまに残る一団の森だからではないかとおもえる。それら古墳ははじめ、葺き石で白く輝いていたという。が、おのずと草がはえ、雑多な種類の樹木がきそって枝葉をのばし、蔓や蔦がからみついた。そしていまや千数百年、濠の水際に崩れ落ちんばかりに密林をなし、四季をつむぎつつ、鬱蒼たる手つかずの自然をはぐくんでいる。研太郎は巨大古墳の森に、海になだれ落ちるほど森がおおっていた日本の太古の景色をかさね見る。交通事故で入院した松井を、病院までバスを使って見舞った際、たまたま、大和方面行き深夜高速バスの案内が目にとまった。大和の文字が古墳を連想させ、新緑が息吹くいまなら最高だろうと、そぞろ心にかられたのだった。

松井の事故を知らせてきたのは、ほかならぬ本人だった。携帯電話でベッドに臥せたままかけたらしく、「いやあ、泣きっ面に蜂とはこのことです。一週間ほど前にわき見運転の小型トラックにひっかけられまして」ときりだした。驚いて細かくたずねると、足を骨折したものの、大事にいたらずに済んだと、まるでいいわけするように訴えた。

見舞ったベッドの横には、松井の妻がつきそっていた。

「会社のほうは大丈夫ですか」額の絆創膏、頬のかさぶた、倍の太さに包帯で巻かれ牽引具の台にものものしく固定されている足を見ながら、おもわず訊いた。リハビリの期間を含めれば二カ月近くは出勤できないにちがいない。「馘になったりしないでしょうね」

「幸い、見習い期間が過ぎ、正社員になってましたので。会社の人が来てくれ、そのあたりの規則は説明してくれました。有給休暇がなくなれば賃金はカットされるようですけど、私も、仕事の要領がわかって実績も上げてきたところです。これで辞めさせられたらつまらないですよ」

「ずいぶん意欲的な社員になったものだ」

「食ってかなければなりませんからね」

「それはそうだ」

うなずきながら、おまえはどうするのだとぼんやり自問していた。蓄えがつきたら、旅も難しくなる。また仕事をさがすしかないとおもう一方で、煩わしいことをやり直す気になれない自分を感じる。

この日の松井は一月のうじうじした態度からみれば、張りをとりもどしていた。が、おそらくそれは妻の前だったからだろう。二人が話しているあいだ中、妻は夫の背後で、穏やかなまなざしをくずさず、黙って耳を傾けていた。帰りぎわに妻は玄関まで送ってきた。礼を言われているうちに立ち話になった。

「主人のこと、柳さんはどう感じられてるのでしょうか。ときどき会って相談にのっていただいているようですが、迷惑をかけてはいないでしょうか」眉をひそめると、先刻までの温和な顔つきがさざなみだち、やつれの影がすっと走った。

「いいえ、会っても、世間話を肴に一杯ってだけですから。何か?」松井に告白された夫婦仲のことがおもい浮かぶ。

「会社がつぶれてから、すっかり落ちこんでしまって。家では自分の部屋に閉じこもっていることが多いんです」

「勤めのほうは落ち着いたような口ぶりでしたが」

「それは、どうやら。つらいことはつらいようですが。でも、つらくしているのは、いつまでもつぶれた工場への未練を捨てないせいです。もう二年になるのに、まだ倒産したことに拘泥して。あのときこうすればよかった、ああすればよかったと、何年もさかのぼって後悔するんです。いいかげん諦めるように口を出すと、いきなり殴りかかってきたりして。弱っているのです」

「何年もさかのぼって？」

「ええ、タレパンの件とか。やっぱり、新製品のほうを買うべきだったなんて」

「ああ」タレパンとはターレットパンチングプレス機の略称で、ＮＣ制禦の板金機械をいう。倒産の三年前、故障した機械に代えて中古を買い入れた。その際、扱いに馴れれば格段に性能が上の新製品を購入しようかと、検討にかけたことがあった。結果的には後年、元請け会社にいっそうの精度を求められる仕事が急増し、せっかく買ったその中古機械ではついていけず、注文を削られて倒産の遠因ともなった。「だがあれは、資金がまったく足りなかったからで」

「そうなんです。市の融資制度にも制約があって、なにもかも掻き集めても不可能でした。そんな経緯も忘れたみたいに」

「夢は未来にだけでなく、過去の中にも見てしまうものなのかもしれません。そのうちに、おさまりますよ」

「自殺しようとしたのかもしれないんです、今回の事故。主人を轢ねた運転手が、いきなり飛びだしてきたと主張しているんです」

研太郎はごくりと唾をのみこんだ。松井の妻も自分の発言に驚いたというように表情をこわばらせ、おたがい言葉を詰まらせた。彼女は夫がまた同じことをくりかえすのではないかと心配して、看病に通っていたのかもしれない。もっとも、あの足では松井に何ができるともおもえない。入院をきっかけに、松井が帰るべき場所をもう一度見つめ直すよう、祈るしかなかった。

バスの振動のせいか浅い眠りに落ち、なぜかどこかの病院のベッドに横になっているところを、誰かが「やあ、捜したんだぞ」と馴々しく手をあげて近づいてくる夢を見た。そんな夢を見たのは松井のことがあったからにちがいないが、目が覚めてしまってから、近づいてきた人物が誰か思い出せなくて首をひねった。桃子だったらよかったのにとおもい、しかしすぐに苦く首を横にふった。妻と子は恨んでいるだろう。コバンザメの罪は時効でも、隔てた歳月の罪は消えようもない。

暗い箱の中に閉じこめられているからか、過去のいまさら考えても意味のないことが目先をよぎる。あのとき、と意識の下の遠い一点に目をこらす。ファミリーレストランを逃げ出したあと、家へ舞い戻ることができなかったのはなぜだったろう……。

あのとき、どれぐらい逃げていたのか。どこか知らない暗闇の隅で、名刺入れを失くしたことに気づいた。必死に背広の内ポケットをさぐり、地面に手のひらを這わせ、来た方角の路面に目を凝らした。何度も、何度も。そして、ひらめいた。トイレの個室で上窓をむりやりくぐり抜けたさい、何かが落ちた……。その瞬間、体がまた自分の感覚ではなくなり、逃げなければ、と新たな声に追いたてられた。足がひとりでに回転をつづけた。

だが本当にトイレで落としたのだったか。逃げていた途中の道に落としたとはなぜ考えなかったのか。考えたのは、名刺入れから身元が割れ、会社に顔を知る男たちが訪ねてくるという恐ろしい場面だった。名刺入れの指紋と脅迫状の指紋が照合され、グリコ・森永事件の模倣犯として逮捕される無残な明日だった。あのデパートの課長が今度は、と新聞が書き、馘首され、自分のサラリーマン人生が終わりになる。そして、妻や娘は犯罪者の家族と後ろ指さされ、肩身を狭くして生きていかなければならない。

だったらこのまま行方不明になって、どこかで事故か事件に巻きこまれ、死んだとでも処置してもらいたいと、衝動がおそった。もし名刺入れが警察の手に入れば家族にとって陥る苦境は変わらないのだが、そこまで考えはまわらなかった。そのときは絶望しか見えていなかった。行方不明になることが絶望からの唯一の逃げ道だと、考える前にそこへ逃げこんでしまっていた。

それにつけても、と研太郎は深く溜息をつく。二度目の脅迫状は悔やんでも悔やみたりない。まして大阪にまで行くとは、なんとしたことだったろう。

きっかけは高橋だった。高橋は密告者の一人に数えられていたのみならず、前社長の陰の秘書、吸い上げた密告のすべてを吟味し、確認する役を受け持っているとの一部の情報も、研太郎は耳にしていた。その彼が前社長の失脚後、よりによって研太郎の部署へ回されてきた。とたんに、それまでのせっかくの自己催眠の魔法が解けてしまった。密告状の存在を実際に知っている者の前では、グリコへの脅迫状による自分の心への隠蔽工作など、なんら意味をなさなかった。パニックなどという理屈の鎧はがらがらと壊れ落ち、コバンザメの衣装はあっけなく風と散って、研太郎を裸にした。

高橋の仕事ぶりは寡黙ななかに素直にやる気を秘めたものだった。しかし寡黙であればあるだけ、動きまわる高橋の背中は威嚇的に映った。私は知っています、あなたが密告状を出したことを……。地肌に熱をはらんだいつ噴火するかわからない火山のようなものだった。研太郎は焼け石に触れるように声をかけ、身近にとりこもうとした。高橋はそれに前向きに応えた。しかし、上司でありながら部下に急所を握られたまま、顔を突きあわせている毎日だった。高橋が自分の職場にいるというだけで、日ましに憔悴がつのった。

研太郎は疲れきり、あがいた。内心、会社を辞めたいとおもった。高橋の存在に威圧されて、社長の横暴に唯々諾々従うだけだったころまでさかのぼって、人間として自分がいやになった。生活があるから仕方がないと繋ぎとめられている仕組みから、逃げ出したいとおもった。サラリーマン社会に下ろした根を引き抜き、飛びだしたかった。そういう自分と、しかし一方でなお、会社で生き残るためにどうあるべきかと計算する自分とのまたしても葛藤の中にあった。

　帰属の鎖にがんじがらめに縛られ、疲れを蓄えつづけるサラリーマンは珍しくない。その囚われから逃げ出す願いをひそかにいだいているサラリーマンは少なくない。しかし願いは、皆がそうだという事実のゆえに、ふだんは諦めの共有によって押し隠されている。逆に、逃亡を実行する者には落ちこぼれの烙印をおし、敗者として野垂れ死ぬことさえ願望する。野垂れ死んでくれれば、辞めなかった者が正しいと証明されたことになるからだ。

　だから、葛藤はあったにしても、そのままでは何も起こらなかったはずだ。会社を辞めるなど、所詮サラリーマンの夢物語といつしか鞘に納めて、なにくわぬ顔でサラリーマンをつづけていたにちがいないのだ。

　ところが、当の高橋が蒸発した。ひと月以上、家族にも音信を絶ったが、最後の手段として人事課から指示をうけ、新聞の尋ね人広告で呼びかけると、思いがけず本人から電話が入った。高橋は、大洗海岸の民宿に逗留し、毎日釣りをしている、と所在を明かした。

　翌日、研太郎は面談に向かった。朝早くに車で出、ちょうど磯へ向かうところで顔を合わせた。並んで、渚をぶらぶら歩いた。

「倒れてみたかったんですよ、地べたに。ばったりと」と高橋は、なぜこんなことをしたのかと質した研太郎に答えた。

「高校時代、私は駅伝の選手だったんです。県の代表を争うぐらいの実力校でした。それで正月の箱根駅伝にあこがれ、大学でも陸上部に入ったのですが、全国レベルの選手が集まっていましたから、出場は、はなから無理。それでマラソンに鞍替えしたんです。だが二回目の挑戦のとき、折り返し点にも達しないうちに息が切れてしまった。でもコーチたちが車で伴走しているし、簡単にリタイアしたら、もう見限られるかもしれない。苦しいのを我慢して、歯を食いしばって、走った。でも三十キロを過ぎてから、もう限界がきた。体がほてって、足元の走路が冷たく見えて、そこへ倒れこみたい。道が、倒れてこいと呼んでいる。誘惑している。それをはねのけはねのけ、とにかく完走だけをめざした。ところが、足がもつれて本当に転んでしまったんです。私はばったり、腹ばいになった。そしたら、なんという気持ちよさ。なんという快楽。それまで我慢していたことが、どれほどくだらないことだったかとおもった。結局マラソン選手としても駄目でしたけど、不思議に、そのときの快楽の記憶は、体からいつまでも消えなかった」

「我慢して勤めていた、ということですか。そんなに疲れていたのですか」

「ご存じでしょう、私についての噂は。私は社長の辣腕ぶりを何度も見てきた。うちの会社の社長はこの人しかいないと信じてきた。だから社長を追い落とそうとする人たちは会社の敵だと疑わなかった。社長が窮地に立たされてからも、私はあくまでも社長の側で踏んばった。それが、私にとって会社を愛するということだった。会社のため、ということだった。でも、最後は、守ろうとしたものは泥まみれになって滅んだのです。私がやってきたことは、何だったのか。疲れました」

研太郎は高橋の饒舌に鼻白み、目をそらした。空の浅葱と海の群青に分けて弓なりにのびる水平線。中天の太陽が海面を金色に照らしている。波はみなぎる力でいく筋にも段になって寄せ、突き出た磯に見える白い色の鳥居が何かまぶしい。

「過去のことを悩むより、これから会社のためにどう貢献するか、考えるべきだったのではありませんか」

「考えましたよ。でも、周りはそうは捉えない。私はいずれ、上役にこびていく人間だとしか見ていない」眉をしかめた。「そう見られるのは侮辱です。会社のためにしか、会社によかれとしか、考えたことはないのに」

研太郎は部下たちがトイレでそしりあったとの話を思い出し、それならあれがきっかけかと、意外な気がした。

「高橋さんは、どうしてそこまで、会社のため、会社のためって、自分を追いこむのですか」聞いてみたかった。

「どうしてって」驚いたように研太郎を振り仰いだ。「それは……」答えをさがし、目が宙をさまよう。そして、「会社ですから」とほかにはなにもないというように声を渋らせした。

高橋が職場復帰を望んでいると察するには、それだけの会話で十分だった。

並んで歩きはじめた最初は、会社から逃げ出すことのできた高橋への嫉妬があった。高橋の蒸発を夫人から聞かされたとき、はからずも重荷の除かれる期待とは別に、やりやがったなと、どこかで快哉を叫んだ自分がいたことをおもい出しさえした。だが会話の途中からは、いったんは逃げ出したくせにまた組織のなかに舞い戻ろうと挫けている弱さを、研太郎は憎んだ。それは怒りでもあった。

その怒りがあるいは醜い保身の行動に火をつけた。研太郎は高橋に、会社が復帰を望んでいるとは伝えなかった。逆に、すでに解職が決定したと告げ、退職金は支払われるように計らったと、恩まで着せた。ひどい仕打ちだった。

当然の報いとばかり後悔と自己嫌悪が津波のように寄せてきた。何度か突発的に吐いて、そのたびに、サラリーマン社会で生き残るためにしかたがなかった、とおもおうとした。しかしおもおうとすればするほど頭の中が濁って、自分がわからなくなった。朦朧とした感覚の波間で、愚かにもうまくいった一回目と同じ方法にすがったのだった。高橋への仕打ちは自分の中にまだ棲みついているグリコ・森永事件のパニックが引き起こした。理不尽な力で、その行為へ押し出されたのだ。なによりの証拠に、こうしてまたコバンザメになって、グリコへの脅迫状をしたためている……。

ところが脅迫状を投函しても、自己催眠の魔法はかからなかった。密告状と脅迫状とが擬似行為としてまぎれて自分を騙せた前回とちがい、どこか頭の片隅がそこだけ小さく晴れていていっこうに雲でふさがらない。前回うまくいったのは偶然以外のなにものでもなく、そんなことでごまかせるわけはないのだが、焦りで頭はいよいよ混乱した。狂った思考回路は、もっとコバンザメになりきるようにそそのかした。すると、脅迫状がただのいたずらと無視されるのではないかと急に不安になった。足が地につかないような気持ちがつのり、便利屋は指示したとおりに大阪のファミリーレストランに電話をかけてくれるだろうか、と確かめずにはいられない感覚が体中をかけめぐった。実行されたかどうか確かめなければならない、大阪に行かなければならない、ついでに事件の舞台となった安威川にも行ってみよう、怪人21面相の気配に触れてコバンザメになりきるエネルギーを分けてもらおう……。

血迷っていた、といまはただひとこと言うしかない。そうした自分に起こった異常ぶりが順序だててわかるまでに、およそ二年かかった。

それにしても、と研太郎は考える。会社から逃げ出すとはどういうことか？

会社との帰属関係を絶ったとしても、生活の糧を労働で得なければならないかぎり、仮にもまた別の会社に、身柄を預けなければならない。小さな工場、契約の社員だったからといって、松井の会社に帰属していなかったということはできない。ならば、帰属の関係、帰属意識から解放されるということは、所詮、程度の問題でしかないのか。それとも、自分にとっての受容できる、許容できる、あるいは理想の、帰属の関係を適度に求めることがサラリーマンのあるべき姿なのだろうか。そうかもしれない。ほとんどのサラリーマンが、その境地にいたることなく終わるとしても。

だが、と研太郎はひとり息をこらすことがある。自分にとっては、あるべき姿などどうでもよい……。血迷った結果、自分ははからずも会社から逃げ出すことになった。しかしいまは反対に、そうして逃げ出したことが、血迷ったことの完結すべき目的だったという気がどこかでする。しかし逃げ出すことが目的だったとしたら、逃げ出していったい自分は、どこへ行こうとしていたのだろうか。

まとまった眠りはとれないままに、窓がしののめの淡い光をにじませる。後ろの席でカーテンが大胆に開けられ、もやりと濁った煙のような明るさが車内にひろがった。雨はまだ降りつづいていて、霧をおびた山肌は、濡れ浸った衣のように重たげに、新緑をまといこんでいる。女性客が順番に席を立ち、中央部の洗面室へ入る。時間がかかるのは、化粧をととのえているからだろう。乗りこんだときはなかったささやきが、複数の箇所で交わされる。やっと旅の乗り物らしくおもえた直後に、バスは天理駅前に到着した。研太郎のほか、ほとんどの客がそこで下車した。駅の壁には、この地を本部とする宗教教団の開祖生誕二〇〇年を祝う垂れ幕が下がっていた。

六時半。雨。閑散とした朝の駅前ロータリー。濡れた黒瓦の、大きく、古めかしい、おごそかげな建物群がかいま見える。

見通しのいい東の山並に目を向けると、灰色の雲が斑らに切れかかってはいるものの、峰にまだ天衣のようにかかっている。この日は、石上《いそのかみ》神宮へ向かい、そこから山辺《やまのべ》の道を南へ、崇神陵、景行陵の古墳の森を経て、穴師坐兵主《あなしにますひょうず》神社、檜原《ひばら》神社とたどる予定だった。しかし雨の中を傘をさして歩くわずらわしさは避けたかった。せっかくの行程が眺望に乏しくてもつまらない。朝までという天気予報を信じ、雨が上がるまでのあいだ、どこか単発で寺社を訪ねてみようかとガイドブックを引っぱり出した。談山《たんざん》神社、で目が止まった。そこから戻って大神《おおみわ》神社のほうへ回り、予定とは逆に山辺の道を北へたどるコースをとるのも、悪くないようにおもえた。

　桜井駅南口の乗り場で、タイミングよくバスに間に合った。雨やなあ。朝には、やむいうてたがなあ。これからこういう日ばかしやろがなあ。日曜やなくてまあ、よいがなあ……。観光ホテルの賄いでもしているのか、バスに乗り合わせた女性たちの会話が、心地よく耳にひびいた。終点で降り立つと、流れの荒い狭隘な谷川に擬宝珠の突きでた赤塗りの高欄、檜皮の屋根というたたずまいの、優雅な橋が架かっている。屋根の下で、制服姿の中学生がバスを待って雨宿りしていた。橋をあとにし、舗装された緩やかな坂道をのぼる。道端には、杉か檜か、いずれ劣らぬ太く真っ直ぐな幹の片並木がつづく。

　神社の表門にあたる東大門をくぐったところで、傘を閉じてもよいぐらい雨が小降りになった。代わりに霧が立ちこめ、傍らを流れる小川の水音が、参道の細道に茂り立つ緑の壁にはねて騒がしい。正面の鳥居に着いたときにはまた雨がもりかえし、山は霧とまじっていっそう深く白い闇に塗りこめられた。

長く、息のきれる石段を行く。左右から、萌黄の若葉をつけたばかりのカエデの枝、杉の巨木、境内のおぼろな輪郭が、静かに、色あざやかに浮かび出る。そして数十段ものぼったろうか、僧兵でも立っていそうな石垣の背後で、霧が赤く燃えていた。散りかかってもなお絢爛の花色をとどめる、八重桜だった。息をつめ、朦朧と見た。桜には人には見せない自分だけの色がある、桜はこっそり独りで楽しむ華やぎを隠している、とおもった。小鳥の鳴き声がした。

石段をのぼりきると、楼門、拝殿、本殿が合体した形にみえる、壮麗な建物にたどりつく。檜皮葺きの屋根、朱塗りの柱や板壁に、間を埋める白壁、垂木の木口に打たれた金具の白さが目にまぶしい。懸《かけ》造りで宙にせりだしている拝殿部の透廊には、黒い吊り燈籠がつらなっている。霧ににじんでそびえる影絵のような美しい十三重塔をながめ、権殿の大きな軒庇の下へ宿ってひと休みした。

息と体がなごむと、ばしゃばしゃと水の音が聞こえてきた。音のはげしさに引かれ、横へ回ってみた。小さな滝が勢いよく、流れを岩に叩きつけている。裏の森に落ちた雨水を集め、なにか生き生きと歌でも歌っているように見えた。流れに沿っているらしい小道が目にとまった。小さな松ぽっくりをいくつも落とした大樹のそばに、薄暗い空洞がつづいている。小道のささやかさにみちびかれて、濡れた森へ入りこんだ。

はじめ道は九十九折りに折れ、ところどころに枕木の階段がしつらえてあった。道の左側は樹齢の幼い杉林、右側はカヤノキ、アサダ、ヤブツバキ、エゴノキ、シラカシなど、豊富な種類の樹木で埋めつくされていた。どうやら道が人工林と神の森の境界らしく、神の森からは、隠れ沢の重いとどろきが伝わる。鬱蒼とおおう木々の下では霧も薄く優しげだった。登りついた小さな尾根で道を左にとり、植林されたらしいモミノキの低い茂みに沿ってしばらく行く。つぎの分かれ道で、踏み分け道のほうへ足を向けた。

いつのまにか道は、枝が低く行く手をさえぎり、濃厚な森のにおいをただよわせる。すこし広い場所で立ち止まった。傘をすぼめる。どこで舞い下りたか桜の花びらが数枚、淡雪のように剝がれ落ちた。霧がにわかにふくれあがって木立ちを薙いで押しよせ、研太郎をすっぽりとつつむ。全身の力をぬき、目を閉じる。するとおもい出した。ああ、とおもわず声がもれた。目を開けば風景は一変、空がどこまでもひろがっている気がする。あの日の……ふいに英語の一節が口をつく。ゼア・ベニース・ブルー・サバーバン・スカイ……。

ファミリーレストランから逃げ出し、幾日かたって、まがりなりに正常さをとりもどしたとき、研太郎は大きな川のほとりを歩いていた。どこをどうさまよってきたのかはわからなかった。薄暗い朝靄から光の中に抜け出したような、不意の蘇生感につつまれ、ただぼんやりと周りを見まわしていたのだった。釣りをする男がいた。いつまでも反応のない釣竿を、背後から一緒に見つめていた。そのうちに、下流の空にバッタの大群のようなものが乱れ飛んでいることに気づいた。

「あれは、何ですか」と研太郎は釣り人に声をかけた。かけながら顎を撫でると、ざらりと髭ののびた感触が手のひらにからむ。

釣り人は後ろにだれかいたのかという目で振り返り、研太郎が指さした川下の空に視線を凝らした。「ああ、あれ、また来たか。カワウなんですよ」言うなり、あたふたと釣り糸を引き上げ、手早く竿に巻きつけた。

バッタとはじめに見えた大群は、まもなく、なるほど鳥の正体を現わした。二、三百羽はいるだろうか。陽射しを跳ね返して銀色に輝く川面にめがけ、いっせいに降下し、また上昇し、それをうねるように繰り返しながら上流へと向かってくる。

「ああやって水面を叩き、魚をあるラインまで追い寄せて、まとめて食いやがる。集団の狩りですね。頭がいいと感心はするけど、やつらの通り過ぎたあと、魚はどうなるか想像つくでしょう。釣り人泣かせですよ、毎朝来るんだから」

「どこから来るんです?」

「上野動物園だって話です。不忍池のカワウなんです。払暁に飛び立ってこの多摩川までやって来、午前中をすごすんです」

「多摩川……」研太郎は自分がどこにいるのか、はじめてわかった気がした。ずいぶん長いあいだ、ひたすら走り、ひたすら歩いていた、そうおもった。駅前に薄闇をぽっかりうがって、奇妙に明るく佇んでいた電話ボックスが、記憶の隙間からこぼれ出る。前夜からいたのか降り立ったのかは定かでない。握った受話器の硬さと冷たさを見つめていると、一瞬息をつめた女の声が、あなたどこにいるの、あなたでしょう、と棘のように耳を刺し、はっと、慌てて切っていた。しかしそれは夢だった気がしなくもない。芯のはっきりしない頭を、研太郎は揺すってみた。

カワウの群れが目前に迫る。それは黒い驟雨だった。バタバタと雹が軒を打つように羽音をけたて、風をおこして、台風の雲のように勢いよく通り過ぎた。上流へ上流へとうねりをやめないその鳥の群れを、研太郎は、晴れ渡った河川敷のまぶしい青空に飛影が溶け去るまで、見送っていた。

やがて目を河原にもどすと、釣り人の姿はもうなかった。尻に敷いていたらしい新聞紙が一枚、残っている。研太郎はそれを拾って、きちんと畳み直しながらまた歩きはじめた。土が盛り上がった塚のような場所で足をとめる。色づいた葉枝をだらりと垂らして立つ、柳の木の下にすわった。ふっとドブ臭い、荒れた川の風景が蜃気楼のようにもやい、ススキの穂がかがよう光の風に透け、しかしすぐに、現実の景色の向こうへ沈んでいく。

あおむけに寝る。空が下りてくる。目を一度閉じ、そして開ける。すると青さがいちだんと深まり、音も重力も方向も消えた自由の心地へ研太郎をいざなう。研太郎はひとしきり至福を覚え、体の底から笑み割れた。

髪を濡らした霧のしずくが、顔を伝って顎に流れる。ぎしりと蔦が、捉えた幹をきしませる。鋭い鳥の羽音。腐土のにおい。遠くの静寂。研太郎は目を開く。頭上の白い襞を割って荒々しく、梢の緑がひるがえる。

あの青空、と研太郎はおもう。こうして逃げつづけて、そのさいはてにあるものはわからない。けれども、あの青空があるかぎり……。急に涙がこぼれそうになり、こらえた。息をひとつつく。落ち葉を踏むとぎゅっとしみだしてくる水の弾みは心地よい。

霧は太い蛇のようにゆっくりと森を渡る。

---

get back to where you once belonged（ビートルズ「ゲット・バック」）
there beneath blue suburban skies（ビートルズ「ペニーレイン」）

光の草

1

表へ出ると目の前に今日がひろがった。東の空にあらたに寄せた夏の一日が早、光をとどろかせている。

始発までの時間つぶしに入ったバーのカウンターでうとうとしてしまった。お客さん寝るんだったら帰ってもらえますか、と店主に肩をゆすられ、朧に首をめぐらせると、ボックスの客は姿を消し、古風な壁燈がわびしくソファーの染みを炙っていた。慌てて腕時計をのぞき、勘定をたのんだ。睡魔につかまったのは十分ほどらしかった。体よく追い出される気分が胸をよぎったが、店主が開けたドアをおとなしく出た。前夜、いとこの春彦と飲み、春彦がタクシーをひろって帰ったあとも、辰夫はひとり新宿にのこった。外のいきなりのまぶしさに庇をかけた指のあいだから、こんな時刻まで飲み歩くとは、五十にもなって、といまさらの反省がこぼれ落ちた。

「どうだろう、タッちゃん。うちの親父の三回忌に、相乗りで、叔父さんの法事をやらないか。おふくろに言われておれも数えてみたのだが、叔父さんがいなくなってからこの九月で、ちょうど十三年目だろう？　だから十三回忌。そりゃあ生きている可能性がないとはいいきれないが、そのときはそのとき。どこかで亡くなっていたら、浮かばれないでいるかもしれないいほうが心がかりというものだ」

「生きているとはおもっていないさ。失踪した時点で、どこかで死んだ。いまは疑っていない」

「だったら、そうしよう、な。けじめってことさ。いい遺品みつくろって、それ拝んでもらって、お墓に納めよう。おまえのお母さんももう三十何年？　四十年近くか？　墓の中で一人きりだ。また一緒にしてあげなよ」

落ち合った小料理屋でひとしきり世間話に花を咲かせたあと、春彦が切り出したのはそのことだった。六十九歳のとき失踪した父の後始末は、自分にとっても親族へ向けても、いつか必ずつけなければならないと頭の隅にかけてはきた。かけつつも先送りにしてきた。春彦はそんな辰夫の優柔不断を見こしてもちかけたのだろう、渡りに舟のありがたい提案でこそあれ、断わる理由は見つからなかった。

「だけど法事の相乗りなんていいのかな」

「よくないこともなかろう。こっちの都合をいえば、親父のためにも頼みたい。死ぬまであんなに、叔父さんの消息を気にかけ、責任感じて、悔やんでいたのだから」

「伯父さんには、なんの責任もないのに。親父は勝手に消えたのだ」

「そうかもしれん。だが、親父の気持ちがそうだったのだからさ。こう処理したよ、と知らせてやれば、あの世で一安心してもらえる、そうおもうのだよ」

「弟おもいの兄貴だな」

「世代的なものかな。血を分けた者の生き方への責任なんて考えは、おれにはあまりないな」

「あったら少し気恥ずかしいことだよ」

笑って肩をすくめ合った。日取りは寺と相談して決めることにした。

父は六十歳で勤め先を定年になると、それまで住んでいた社宅を出、伯父が親からゆずりうけた電器店経営の副業に持っていたアパートの一室をあけてもらい、移り住んだ。

それから九年、気ままな一人暮らしの年金生活を送っている、と辰夫には見えていた。辰夫が父と顔を合わせるのは、元旦に伯父の家で開かれる年始の会ぐらいで、地方の大学へ入ったのを機に家を出て以来、疎遠といっていい関係がつづいていた。よほどのことでもなければ電話をかけあうことはなく、ましてアパートへ寄ったことは一度もなかった。

異変を知ったのは伯父だった。当時アパートの十室ほどあるうちの三室が、女店員の寮にあてがわれていて、父の部屋のドアボックスから新聞があふれていると告げる者がいたからだった。一人暮らし、病気、孤独死と不穏な連想にあおられた伯父がおっとり刀でかけつけ合鍵で飛びこむと、案に相違して部屋にはだれの姿もなかった。

「そのときはまずはホッとしてな、棚の定位置にカメラボックスもない、また例によってバードウォッチングへ出かけたのだろうと、一服したぐらいだ。ところが煙を天井に噴いているうちに、妙な違和感にとらえられてな。たまには行って共に飲んだりしていた部屋だ、なんだろうって見回してみた。わかった。部屋が綺麗に整頓されている。洗濯場の籠に、汚れものの一枚もない。ベランダの竿に掛かる干しものもない。机には最小限の小物しか載っていない。あいつにしては一世一代の大掃除でもしたかな、って感じだった。新聞を調べてみると、もう五日前に出かけたらしい。何日も空けるときは、出かける前なり出先なりからいつも電話をよこすのにおかしいなあ、忘れたのかなあ、て首をひねった。とりあえず二、三日様子を見ることにしたが」

辰夫に連絡がきたのはそれから四日目だった。伯父はパニックに陥っていて、辰夫の顔を見るなり、すまない、と詫びのことばをくりかえした。思い当たることがあるという。

出ていったと考えられる二日前の定休日の夜、誘ってもいなかったのに珍しく父のほうから伯父の家へやってきた。いつものサンルームでビールを酌み交わしたが、庭の楓の木の梢にのぼった十六夜の月をながめて、しきりに美しいなあ、静かだなあとつぶやき、その口調がいかにも満足げで、あとでおもえば、やり残すこともないかの響きがこもっていたというのである。

「あれは俺に別れを告げにきたのだった。どうして気がつかなかったのだろう。気がついていれば、説得して、こんなことにはしなかった。一生の不覚だった。タッちゃん、すまん」

よく考えれば、この段階で父の出奔を死と結びつけて悲観するのは早計だった。だが、九年間身近で父を見てきた伯父には、死を覚悟しているような雰囲気のたぐいを嗅ぎとる瞬間や場面があったのにちがいない。親子ながら心が行きかよわない辰夫と違って、血の直感がはたらいたのだろうか。

「黙って外国へ行ったとも考えられるでしょう?」

辰夫が口にしても、あり得ないとばかりしかめた伯父の眉をほぐすことはできなかった。

三年前に癌でふせった伯父は、病室を見舞う辰夫にそのことの痛恨をむしかえし語った。病状が末期に進むにつれ、辰夫を呼ぶようにせがんでは家族を困らせるようになった。春彦の妻は、「よほど辰夫さんが好きなのですね」と看病やつれの笑顔でひやかしたが、春彦は無理しなくてもいいといいながら、そのたびに電話を入れてきた。悔恨と格闘することが、死にのぞんで燃やす最後のエネルギーになっていると春彦は察し、辰夫も春彦の察したことを察して、時間をぬってては足をはこんだ。

もういつ昏睡に落ちても不思議ではない、と春彦の妻にささやかれた日、伯父はモルヒネが効いた体を支えてもらいながらゆっくりと起き上がった。そしてパジャマの胸のボタンに手をかけ、「これを見てくれ」と言った。

「お義父さん、それは、人に見せるようなことじゃ」慌ててやめさせようとする春彦の妻を無視して、上のボタンを三つ外して肩ぬぎの形をとった。パジャマの下の肩から下は、真新しい純白の包帯で覆われていた。伯父が包帯の縁をめくるように押し下げると、黒くて乾いた感じのブツブツがのぞき見えた。その黒くて乾いたブツブツは包帯の下全面にびっしりと浮き出しているらしかった。

「これだ、俺は人間葡萄になってしまった」と伯父は、枝にぶら下がっている葡萄の房を連想しろというようにうっすら照れ笑いを浮かべた。「癌の野郎が体の内側だけではものたりないんだとさ。皮膚の外まで食い破ってきやがった。これはおれが受けた報いだ」

「報いなんてこと、ないでしょう。がんばってくださいよ」辰夫は励ました。

「いや、報いなのだよ」

「なんの報いだというのですか?」

「だから」と伯父は顎をひき、ふっとまなざしをはるか遠くへ投げた。「辰夫のお父さんを、行かせてしまったことだ」

「行かせてしまったというけど、伯父さん、父は自分から行ってしまったんです。伯父さんが責任を感じることはないです。それどころか、父は、そんなに責任感じてもらって、心配してもらって、ほんとに幸せだとおもいます。わたしだって、四年間も文哉さんや春彦さんと一緒に育ててもらったし、親子そろって感謝しています。なんだか親子で迷惑ばかりかけてきて勝手ないい草だけど、おかげでやってこられました。伯父さんに十分に心をつくしてもらったおかげです。だからどうか、報いなんて言わないでください」

辰夫は、パジャマのボタンを掛け直してもらっている横から膝に手をのせ、伯父の目に語りかけた。伯父の目がわずか虚空をさまよった気がして、ただの慰めととられたかとすくむ気持ちに立ちよどんだものの、感謝に偽りはない。伯父がなにか言い返してくるかとまっていると、急に力がぬけたように小さい溜息をつき、春彦の妻をうながしてまた横になった。そして、「健治は俺に心配してもらって、幸せだったたっていうのだな?」と父の名前を出して言った。

「もちろんです」

「そうか」と声はかすれて聞こえた。首をなんどか縦にふったあとで、目を閉じて、ありがとう、と二度くりかえした。

伯父のそのありがとうが、どこまでのおもいだったのかはわからない。辰夫の感謝の弁に顔を立ててくれただけかもしれないし、納得した面があったのかもしれない。が、癌細胞よりずっと以前に根ざしたその悔恨が、あたかも霧がいっぺんに晴れるみたいに取り除かれることなどあるはずがない。その日から九日目の夕刻、伯父は二人の息子夫婦と息子みたいに育ててもらった辰夫に見守られて帰らぬ人になった。

「親父たちがどんな兄弟だったたか、子供のころの話って聞いたことあるかい?」河岸をかえた静かなバーで春彦は言った。

「そういえば、ないな。二人とも、鉱山が社内に作っていた専門学校を出たってことぐらい」

「そうだよな。親の子供時代なんて興味がないから、向こうが話さなければ、知らずにそれっきりってことだな」

茨城県の海辺に鉱山都市として栄えたその町の記憶は辰夫にはいっさいない。三歳のときに父が東北の鉱山へ転勤になったからで、生まれた土地というだけでは、特別な親しみも覚えずにきた。数年前、その鉱山町のシンボルだったお化け煙突がまっぷたつに折れ、懐かしがられながら撤去されたと、新聞記事にあった。

「おふくろが」と春彦は、ふっと苦笑を浮かべた。「親父が死んで、八十も過ぎて、さすがに惚けてきたのかな。あんなに無口で、他人のことはたとえ親兄弟のことでもうかつには口にしなかった人が、このごろは平気でぽろっともらすのだよ。それでわかったのだが、親父の親父、つまり俺たちの祖父は、かなりでたらめな人だったみたいなのだ。おふくろも親父の親のことだから詳しくはないけれど、かなり山っけのある人で、定期の株なんかに首を突っこんでいたらしい。とどのつまりは借金の山、借金取りに追いまわされる日々で、家族は肩身のせまい貧乏暮らし。鉱山の採鉱夫の給料なんて右から左だったのではないか」

「ふーん」と辰夫は目を細めた。忘れていたが、どこかでそんな話を耳にした気がした。

「すると親父らは、身を寄せあって貧乏の辛酸をなめあっていた？」

「もしかすると、鉱山に勤めはじめてからの親父らの給料も、借金返済に回させられていたのかもしれない。祖母も苦労したのだろう」

「祖母は戦争中、おれたちが生まれる前に死んだと聞いているけど、死因は何だったのだろう」

「結核ではないか。たしか親父たちの下にもう一人弟がいて、その人も小さいうちに結核で亡くなったという話だった」

「うん、そうだったな」

祖父は、戦争が終わると単身、焼け跡の東京へ出た。しがない採鉱夫でおわりたくないとの野望があったのだろうか。終戦後のどさくさとインフレが借金を棒引きにしてしまったことや、子供たちがすでに所帯をかまえ、身軽になったこともあったのだろう。なにがあったのか、ひと儲けに成功する。その儲けで土地を買い、目先をきかせて開業したのが、やがて伯父が継ぎ、いまは春彦が営む電器店だった。

「祖父が死んだとき、親父らは初め、店を売るつもりだったようだ。ところが、祖父の愛人なる女が現われ、分け前を出せと、寝耳に水のことが起こったというのだ。つきあっていたことは本当みたいだが、どの程度かはわからない。籍にも入っていなかったし、なに、たいした愛人でもなかったのよ、とおふくろはいっていたがね。それで詳しく資産など調べ上げてみると、せっかくのものを手放すのは惜しいとの結論になった。兄弟のどちらが継ぐか相談で、親父になった」

「うちの親父に商才があったとはおもえない。当然だろう。その資産を伯父さんはさらに大きくした」

「ゆずってもらった、と親父は話していたそうだ。転勤でタッちゃんたちが東北の鉱山へ行くことになったとき、そんな片田舎へ行くのがわかっていたらあいつに継いでもらうのだった、とこぼしていたというよ」

「で、どうなったの?」

「なにが?」

「祖父の愛人」

「ああ、それはおふくろも、どうなったのだったかしら、とあいまいなんだ。あきらめたのではないか。長男の家族四人が、ドタドタと乗りこんできたのだから」

「伯母さんが裏でしっかり片をつけたのじゃないの。伯母さんて、見かけによらず肝が据わっているところがあるから」

「そうか、あるいはそうかも。ありうるな」

二人で笑ってうなずき合った。春彦とは年は同じだが、伯父の家に厄介になった子供時代から、いつも兄のように接してきた。頭がきれ、世事にも通じ、だれよりも信頼できる、無二の友といえた。辰夫は子供ができる前に離婚して一人暮らしだが、春彦には娘二人と息子二人が交互に生まれた。推されて務める町内会の副会長にふさわしい貫禄も身についてきている。

「だから、親父には負い目だったのだな」

「負い目？」

「祖父の電器店を継いだ親父は、高度成長の時流にのって、うまくいきすぎるぐらいにうまくいった。比べて弟は、こういってはなんだが、東北の片田舎へ転勤させられる、女房をはやく亡くしてしまう、チリなんて地球の裏へ赴任させられる、帰国したら肩たたきで、いくら会社が斡旋してくれたからって、五十過ぎて工機販売会社の営業マンへ転職だ。どちらが祖父の店を継ぐかで立場は逆になったと、そうおもっていたのはまちがいない。自分がいい籤を引いたせいで、弟に不運を背負わせたと。だから叔父さんが失踪したとき、あんなにうろたえた。またも弟にババを引かせたと」

「だとすると、伯父さんには、親父の失踪は謎でなかったわけかな」

「謎？」春彦はいぶかしげに目を向けた。「そうだな。親父は叔父さんがいずこへか死ににに行ったと初めから思い込んでいたけれども、ではなぜ死にに行ったのか、とは考えなかったとおもう。理由は問題でなかった。頭にあったのは、それを阻めなかったという事実、さらなる負い目だけだったろう」

「具体的な失踪の理由があったとしても、自分を責める点では変わらないってことか？」

「そうだろう。どんな理由であれ、結果は結果なのだから」

その後も何軒かスナックやバーをはしごしてまわった。春彦は経営する電気店の現状への苦労も口にした。都心の量販店に押され、価格競争ではなかなか立ちゆかなくなっているという。いまはサービスの充実を軸に地域密着に徹してうまくかわしているが、行き詰まったらチェーン店の傘下に入ることもやぶさかでないと、すでに腹はくくっているような言い方もした。辰夫が勤める銀行で起きた総会屋への資金供与事件で、事情を聞かれた前相談役が自殺したことも、ひとしきり話題にのぼった。

「兄貴が最近、定期的に有機栽培の野菜を送ってくるんだ」

と聞いたときには驚きを覚えた。春彦の兄、文哉は高校生のころに伯父とうまが合わなくなって、小さな口論がしばしば飛び交っていた。やがて口もきかなくなり、大学生になるとさっさと家を出て下宿生活をはじめた。自分勝手なやつ、と春彦は一言でかたづけていたが、どちらかというと、家長的な厳しさと責任感で家族をたばねる伯父を、他人の干渉をきらうといえば聞こえはよいが、協調性に欠け尊大な態度が勝つきらいの文哉がうるさがっているると、辰夫には見えていた。大学を卒業するとまもなく文哉は、同級生だった交際相手の実家である老舗の温泉旅館へ入り婿した。以来、馴れない客商売の一員として立ち働かねばならなかったろう事情もあり、実家へ寄ることは慶弔時ぐらいで、伯父も「あいつはもう他人だ」といってはばからない関係が長くつづいていた。

か」

「それは、伯父さんが亡くなったから？」

「親父が死んで確執が消えたからか、単に兄貴も年をとり依怙地さがとれてきたからなのか」

「まるくなった？」

「偉そうな態度は相変わらずだがな。野菜は旅館の仕入れのお裾わけだろう」

自分はどうか、と辰夫は自分へ振ってみる。父親と反目した点では文哉とちがわない。疎みこそすれ求め合うものはなにもなかった。その父が失踪した。いなくなって初めてわかるとは真実なのだろう、都合のよい変節かもしれないが、辰夫もあるときから父を客観視できるようになった。なぜ失踪したのか、どこへ向かったのか、いずこの山中に白骨をうずめているのかと、何を思いつくではないが、父の姿を親しみをもっておもい浮かべることも、いまでは珍しくなかった。

ごみ袋をあさるカラスの重い羽音を背に、酒場街をはなれた。

新宿の目抜き通りには歩行者がひしめいていた。歌舞伎町のビルや路地から、湧くように人が現われる。夜の仕事従事者、遊びすごして始発で帰る者たちだろう。皆、駅をめざしていた。

おびただしい数の男女がキップ売り場に群れ、ホームにあふれる。二十代のころの始発ホームでは、飲み明かした酔漢か、早くから仕事に出かける人影がまばらにたたずんでいるだけだった。その変貌ぶりに圧倒されるいとまもなく、辰夫は到着した車両に、ラッシュ時さながらもみくちゃにされ、呑まれた。

2

いつもなら駅へと急ぐ朝の道は、土曜日のさすがに早い時間とあってすれ違う人もなく、まだ静けさにつつまれていた。三十分前の新宿駅の光景は偽りの絵のようだった。

樹木を背負って朝日の日だまりに建つ邸の、屋根のまぶしい照り返しや軒瓦の下の雨どいに芽吹いた草の穂が、新鮮に目にとびこむ。塀ごしに咲き乱れるノウゼンカズラの明るい橙、日かげとなる建物が路面に這わせる黒白模様、半分収穫されたあとの湿ったキャベツ畑。この道をどれだけの回数往復しただろう。往きは電車に遅れまいとして急ぎ、帰りは夜の闇を縫いぬける距離としか見てこなかった自分の、情緒の乏しさにおもい当たった。一方で、今日は通勤しないでよい、ゆっくり寝ようと、現実的な思考が頭をめぐる。マンションの壁にも夏の朝日が撥ねていた。

シャワーをあび下着を替えると、酔いの残滓も眠気も汗とともに流れて薄れ、パジャマ姿でリビングに腰をすえた。コーヒーをいれ、キッチンテーブルで新聞をひらく。この日も報じられている会社のスキャンダルへどうしても目はいく。金融腐敗。見出しに活字が踊っている。記事はスキャンダルを生み出した構図の検証へ移ってきていた。

　検察特捜部による本店への大規模な捜索が入った五月。未明から雨が降っていたその日、辰夫の勤める支店では、行員たちがNHKテレビの昼のニュースに群らがった。テレビ画面に本店ビルが映し出され、濡れた傘を手にした検事や事務官の列が吸いこまれていく。捜査は三月に発覚した大手証券会社による総会屋への利益供与をめぐる関係先という名目だったが、行員が一様に息をのんだのは、アナウンサーの告げた百人もの人数と彼らの異様なまでの無表情だった。ただごとではない、狙いがほかにある、と予感するに十分な映像だった。

　予感はすぐに形となった。

　総会屋は三十万株保有の立場を利用し、証券会社が自己売買で得た利益との付け替えを行なうことによる利益供与を受けていた。三十万株以上の大株主には役員の解任要求などが可能な株主提案権が生じる。その権利をちらつかせて不正を求めたのだが、その裏で、その三十万株の原資、さらにほかの証券会社三社の各三十万株分も加えると計百二十万株の資金、約三十一億円を、じつは本店が無担保で融資していた。それらをはじめ総会屋への問題のある融資は、直接融資と間接融資を合わせて数百億円にものぼる、とんでもない事実が明らかになったのである。

　事件の様相が証券会社による利益供与から、銀行による不正融資へと大きく切りかわるにともない、本店の経営陣は迷走をつづけた。捜査の三日後には記者会見が設けられ、不正融資を行なった背景説明と相談役五人および会長、頭取の辞任が発表された。しかしその席で紹介されたばかりの次期頭取が、自分も資金供与のことは知っていたと発言、混迷のきっかけをつくる。それから一カ月、いく度かの強制捜査のあいだに、元役員と現役役員ら総務担当者の逮捕、次期頭取人事の撤回と新たな頭取の決定、関与の重要性を考慮したとの理由で辞任が決まっていた会長と相談役二人の即日前倒し辞任、元副頭取二人を含む審査担当者の逮捕、事情聴取をうけた前相談役の自殺、ついに前会長の逮捕と、めまぐるしい進展を見せたのだった。

「いま経営の実権をにぎっているのは四人組だってもっぱらの噂です」

融資先からの帰路、帯同した入行四年目の脇坂が、最新情報を吹きこんだ。混乱が深まるにつれ、支店では事件を表だって口にする者はいなくなった。関心はよせつつも、このような事態では、トップの今後の動向とその人脈しだいでどんな余波が支店へおよぶかしれず、うかつな発言はつつしんでおいたほうが身のためなのだ。野心家とだれもが認める支店長が本店へしきりに出かけることも、店内に緘口の気分をかもしだす一因となった。脇坂だけが、まだ会社というものをよくわかっていないからだろうが、外回りに随行させるたび、若い好奇心で話しかけてきた。脇坂のもちかける話題の中には、本店の同期から流れてくるらしい辰夫の知らない内容がしばしばまじった。

「四人組って、なんだい?」

「課長、知らないのですか。調査委員会のなかに改革を強硬に主張する中堅幹部が四人いて、その人たちが前経営陣を総退陣に追い込んだのだそうです。こんな銀行にだれがしたのか、こんなひどい融資をしていいとは教えられていない、いやしてはならないと教えられた、にもかかわらず歴代のトップがそれをやってきていた、そのせいでいまや会社存亡の危機というのに、まだ経営陣は隠しごとばかりしている、と迫ったのだとか。新頭取が決まってからも、その四人組が首をたてにふらないと何も進めることができないらしいです」

「迫ったとは、会長や頭取に面と向かってということ？」驚いて目をみはった。

「調査委員会の席ででしょうけど。勇気ありますよね」

にわかには信じがたい話だった。地方の小さな金融機関ならまだしも、有数の都市銀行での序列には厳然たるものがある。一つの事案を行なうにしても、何段階にもわたる手続きをふみ、上司の承認がなければ運ばない仕組みになっている。その手あつい組織運営が、顧客の信用にかさなっているのが銀行なのだ。だから序列は、幹部になればなるほど、組織運営と一体といってよく、序列を乱して発言することは組織運営の否定にも等しく、心理的には会社自体への反旗ともとられかねない。まして会長や頭取を公然と批判するなど、危急のおりとはいえ、また批判が正論であれ、考えられることではない。本当なら、彼らはいずれ辞めるしかないのではないか。辞めなくても事態が沈静すれば、彼らの反旗は会社のトラウマとなって沈潜し、いずれ目障りとされるだろう。

「肩身せまいですよね、うちの銀行」

「いずれ、終わりは来る。終わればこの国では忘れるのも早いさ」

事件の情報は毎日、耳に聞こえ、目に入る。しかし、自分の会社のことながら、辰夫のなかでは遠い国の出来事のように乖離している。深刻にうけとめたところで支店に何ができるでもない。上のことは上のこと、下は与えられた仕事を一つ一つこなしていくしかない。どんなに空虚さをともなっても、目先のことをつづけていくのがサラリーマンだと、辰夫は自分に言い聞かせてきた。

新聞をたたみ、書斎へ向かう。向かいながら、本店勤務のころに何度か社内で見たことのある自殺した前相談役の顔をおもい浮かべた。企画部、秘書室というエリートコースを歩み、十年前には頭取に登りつめた人だが、こわもての片鱗もない笑顔に親しみを感じさせる地味な印象の持ち主だった。本店が発表した遺書は、辰夫も週刊誌で読んだ。会社に迷惑をかけて申し訳ないと、本心から責任を感じて詫びている切々たるおもいが伝わってきた。事件に関与した当人とその家族への配慮を願い、会社の未来を信じる内容だった。マスコミからは真相を語らずに逃げたと非難されたが、捜査や世間へのおもんばかりは確かにかけらもなかった。会社だけを見すえての死、会社のための死、それが前相談役の死のすべてだった。

近く訪ねる予定でいる融資先の関係書類を鞄から取り出し、机にひろげる。いずれも中小企業のもので、なかには財務諸表も読めない経営者の会社もある。バブル時代、辰夫の銀行はそんな会社にさえ、金余りの捌き先として法外な貸し付けをした。

辰夫が就職して最初に配属されたのは都下の私鉄沿線の支店だった。二十八歳のとき、その支店から為替のディーリング室へ転属となった。おもいがけない異動は、大学の卒業論文がかかわっていた。内容は既存論文のつぎはぎにすぎないが、「為替裁定取引と一物一価の法則」という表題をつけていた。入社試験の面接のとき、居並ぶ審査員から簡単な説明を求められた記憶があった。

当時の室長はニクソンショック後にヘッドハンティングで来た人で、まだ歴史の浅い銀行の為替取引業務を指導していた。辰夫もみっちり仕込まれたかいあって、七年後の三十五歳のときに室次長に昇格した。このころ室長の職は組織変えで実際の取引にはたずさわらない管理職となっていたため、ディーリングの全権は室次長がになった。

二年間は無事に利益を上げることができた。しかし三年目、九月のプラザ合意以降、一気にすすんだ円高の動きを読みちがえ、多額の損失を出した。どのレートで上げ止まるのか、あきらかに判断ミスだった。欠損を取りもどそうとし、さらに傷を深くした。報告をうけた室長は天をあおぎ、「きみは何歳になった?」といきなり尋ねた。世界の第一線ディーラーは二十代が常識といわれ、そのことを言われたのだとすぐにさとった。すげ替えるのが遅きに失したと悔やんでいる内心が、眉間に寄せたしわに表れていた。辰夫は頭を下げつづけ、翌月、名古屋の支店へ転属となった。

名古屋では、バブル経済の怒濤にもまれ、新たな貸し付け先を発掘することがおもな業務だった。上司に叱咤されるまま、担保評価の実際値をかなり超える貸し付けをも行なった点では辰夫も例外でなかった。

バブルが崩壊して、だれも予想しなかった地価の下落が始まると、本店からあわただしく指示がくだるようになった。やがて、貸し出し額と担保評価にいちじるしい齟齬のある案件はすみやかに改善せよとの方針が打ち出された。意味するところは、齟齬の大きい場合は資金を回収せよ、である。だが、融資はいらないと逃げる経営者につきあいを無理強いして余分な貸し付けをした担当者が、こんどは、担保価値が下がったから貸した金をすぐに返せでは道義もなにもない。二年前、全支店規模でくわだてられたシャッフル人事で、辰夫はいまの川崎の支店へ回されてきた。

一時間ばかり書類を眺めているうちに、辰夫は一つの案件で目をうばわれた。貸した金で事業主に株を買わせその株を担保としたと疑われる融資の記録だった。それこそが歴代トップがひそかにやってきた総会屋への不正のからくりの一つだった。辰夫は急に疲れをおぼえ、椅子から体がずり下がった。上から下まで会社は何をやってきたのだろう。掘らずによい庭をさんざん掘り、そのあげく、いまは自業自得の埋め返しにはげんでいる。たとえ空虚でも仕事は仕事とわりきるにしろ、あまりのばかばかしさにやる気がなえた。やはり一眠りするか、と椅子を立った。

いや本でも読もうと本棚の横でおもい直し、買ったまま読まずにあった一冊を抜き出した。はずみに上の隙間に押し込んであった紙袋が一緒に引かれて手前に落ち、中をとびださせた。辰夫は膝を屈って拾った。十年前、閉山となって久しい鉱山を二十八年ぶりに訪ね、自分で撮った写真だった。四角く何カ所も壁のぬけた箱型の建物。のっぺりと樹木におおわれた山肌。丈たかい雑草のあいだに見える小川。なんの変哲もない道。他人が見たらいったい何を撮ったのかと笑われかねない絵面ばかりだが、そのときはよみがえった記憶とかさねて写した風景だった。しかし時がたっては、写真にどんな少年の日をかさねたのかはっきりしない。辰夫は変色のすすんだ一枚一枚を、それでも懐かしくながめた。

3

十年前、二十八年ぶりに廃墟の鉱山を訪れたのは、春の遅い東北でも新緑が青々と出そろい、梅雨前の空がまぶしい季節だった。父の失踪からは三年目のことだった。

旧鉱山は宮城県の北部、岩手とのほぼ県境にあった。東北線を乗り換え、終点駅の港町で降り、そこでタクシーを雇った。記憶ではその港町へはバスでゆうに一時間ほどかかったが、タクシーは半分の時間で辰夫を運んだ。

鉱山には三歳から小学六年の三学期まで暮らした。遠くでおもっていた場所は行ってみると案外、狭く小さく感じるというとおり、なんてちっぽけな一本の沢に変わってしまったことか、というのが胸にこみあげた最初の感慨だった。二百戸からは建っていた社宅ははるかむかしに撤去されたとみえ影も形もない。沢の最奥の斜面で、正月三ガ日をのぞけば低いうなりを休みなくあげ、住人の上に君臨した製錬所の建物は、風吹きぬける廃屋となって荒れるにまかせていた。コガネ山とよびならわした山の中腹に、トタン葺き屋根の安普請で建っていた山神社《さんじんしゃ》は、細ながく急峻だった参道の石段もろとも、深々たる木立ちの中に埋没していた。

わずかに、沢の河岸段丘沿いにくねくねと上る道が変わらぬ昔をとどめていた。道幅はしかし、トラックや日に朝二回、昼、夕の四度くる鉱山回りのバスが白い土埃を舞いあげていたころよりも細り、野花にふちどられた山道ののどかさささえただよわせていた。春先の泥濘に車輪をとられるのが常の僻地の道路にあって、この道は膨れあがるほど砂利をしきつめ、鉱山の持てる資力をふるったものだが、いまでは海岸線に沿うりっぱに舗装された県道とくらべ、未舗装なまま忘れ置かれたあたりに閉山の現実がかいまみえた。

辰夫はタクシーを待たせ、コンパクトカメラを手に一時間ばかり思いつくままに歩いた。野球の練習場で、盆踊りや社内運動会が催されたグラウンドには、その平坦地の有効利用だろう、わざわざ海辺から運んできたらしい魚網が広々と干してあった。辰夫は歩いてはたたずみ、たたずんでは溜息をもらした。思い出が山かげから湧く雲のように、むくむくと飛来しては青空に溶けた。

鉱山の朝は、採鉱夫たちが風呂敷に包んだ弁当をたずさえて自転車をひき、上へ向かうざわめきで始まる。坑口や建屋は沢の上方にあつまっている。所長や課長の大きな家がその近くにあり、あとは沢の下方に向かって一軒家、二軒家、長屋と、身分差どおりの社宅が建ち並んでいた。社宅はどれも平屋のスレート葺きで、外壁は下見板の打ち付け、雨戸はなく、冬にはよくガラスの引き窓と障子の隙間に雪が吹き込んだ。前庭は畑に利用され、辰夫の家では夏に胡瓜、茄子、ジャガイモを作っていた。採鉱夫には地元の若者も多く、村の自宅から二時間も歩いて通勤する人もいた。

子供たちが一番目の鉱山回りバスで学校へ向かった後の八時二十分、サイレンが鳴りわたり、三十分にも鳴り、それから日中はむしろしんとしずまりかえってすぎていく。坑夫たちの汗と怒号は、地下のはるか彼方で飛び交っている。坑口を出入りするトロッコが絵のように山腹をわたり、女房連中はただ一カ所、日用品も食料もそこでまかなわなければならない供給へ行って生活の変化をみつくろう。四時三十分にサイレンが長々と終業をつげると、帰宅を急ぐ自転車がキーキーと耳にさわるブレーキ音をきしませ、砂利をはねとばしながら下っていく。

父の健治はふつうの会社でいえば業務とか資材にあたる仕事についていた。

「こんな歴史の古い金山に探鉱はいらないからな」

「藤原三代の金だったかもしれないんでしょう。格好いいじゃない」

「古いってことは、掘りつくしたってことだ」

父が探鉱技師としての職務に未練を捨てきれなかったのは、戦前、鉱山がみずから作っていた専門学校でその技術を学び、戦後二、三年後まで、探鉱部という部署に配属されていたからだった。戦前の鉱山社会は徒弟制にちかい面をのこしていて、この探鉱部も、経験がものをいう意味で例外ではなかった。そのころの技術が科学的にどの程度だったか、すくなくともプレートテクトニクス理論はまだ生まれていない時代だから、地質学や岩石学が中心、いずれにしろ足で歩くことが基本だったろう。戦争中は鉱物資源の自給がまにあわず、新鉱脈の開発は国策でもあったことを考えれば、あのころは羽振りがよかったのだけどねえ、と母がもらしていた話は、事実だったにちがいない。県都の師範学校を出て小学校で教鞭をとっていた母が父と結婚したのも、その羽振りと無縁ではなかったはずだ。

戦後、鉱山会社は、経営をおおきく変化させる。国策への貢献をしめすために必要以上に肥大化していた探鉱部はまっさきに解体、改革のうきめにあった。父にとっての計算外は、その徒弟制をささえる元となっていた専門学校卒業の身分が、学校の廃止で失われたことだろう。会社が作っていた学校はもはや学校ではなく、新生鉱山では、研修機関的な部署に位置づけられるにすぎなくなった。父の最終学歴はこのとき、単に高等小学校卒となり、一気に先が見えたことはまちがいない。小学三年生のとき、新しく就任する所長が東大出の若い人と聞き、母に「お父さんはどこ?」とたずねた。その専門学校名をぼそぼそともらした母が、辰夫にはいかにも後ろめたそうだった。

父は年中荒れていた。誰からも強くないといわれていたにもかかわらず、よく飲み、酔っていた。夫婦喧嘩がしばしば繰り返された。夜中に辰夫は、父が母を殴り、蹴る、外聞もわきまえない騒ぎにいくども眠りを破られた。「出ていけ」と泡をとばす父の剣幕を前に、かすれた泣き声をもらしながら母が何か言い返している場面をいったいどれほど目にしたろう。母にはもともと癇症で諦めの悪いきみがあった。蚊に刺されると、痒みをこらえきれずに地団太を踏み、たかが虫一匹をののしりまくり、冬、降り積もった雪がスレート屋根から滑り落ちると、音におびえて耳をおさえ、過剰なしぐさで身を震わせた。そのせいか、ひとたび不平を言い出すと余計な繰り言までとびだし、父の怒りに油をそそぐはめになる。懲りずに勃発する両親の喧嘩を、辰夫はいつも頭から布団をかぶって、部落の人が聞き耳を立てていないようにと願いながらやりすごしたものだった。

勉強しろ、の口ぐせは学歴コンプレックスがあったからだろう。大学に行かせてほしくないのか、と恩を着せるげに目をすえてよく言った。そのくせドリルを取り寄せてくれるでもなかった。辰夫は勉強はきちんとやるほうだったから、自主性を踏みにじられた気がして、父がかえって自分のやる気をなくさせる、なにもわかっていないと、言われるたびに父を嫌悪した。小学四年のとき、同級生から借りてきた漫画を見つけられ、「こんなもの読む暇があったら勉強しろ」と庭に破り捨てられてしまった。同級生にどう言い訳すればいいのかと涙がこぼれ、はじめて父への憎しみがわいた。ひとたび憎しみにとりつかれると、父の体にしみついた煙草くささと酒くささのまじった体臭をうけつけなくなり、近くへ寄るのさえ忌むようになった。おもえば、父を疎む感情はそのころに始まり、固まったのだった。

小学六年の秋、父はチリの銅山へ海外赴任することになった。

それは父にとって青天の霹靂だったようだが、鉱山にとっても青天の霹靂だったらしく、子供同士の噂をとおして、辰夫にもその経緯が伝わってきた。その年の初めに起きた坑内火災のさい、原因調査のため監督官庁の役人とともに派遣されてきた本社幹部のなかに、案内役を負った父の昔の上司だった人がいて、旧縁のよしみで抜擢をうけたというのだった。素直にとれば栄転だが、おまえの父ちゃん火事の責任で島流しにされるんだって、と辰夫をつきとばした上級生もいた。

坑内火災は、学校が三日間の旧正月休みにはいる前日の、雪が降りだしている寒い朝に起きた。

朝食をかこんでいると、定刻には早すぎるサイレンが沢に鳴りわたった。新聞に目を通していた父は、ぎょっと目をむいて一瞬おし固まった。このころの父は、ダムといっていた廃滓堆積場への溝渠が大雨で決壊し、鉱毒が川をながれ下って河口の海に損害を与えたときの漁協との補償交渉など、トラブル処理にもかかわっていたから、職務との関連をとっさに連想したのかもしれなかった。ちょうど台所へ布巾を絞りに立っていた母が、「なにかしら」と前掛けで手をふきふき後じさるように食卓のそばへきて、おちつかなく正座した。父は勝手口から下駄をつっかけてとびだした。辰夫も長靴に足をつっこんであとを追った。積もって二センチほどの雪をけった下駄の歯跡に、土がにじんでいた。隣家や下の家からも人が出、雪の幕にさえぎられて見えない上のほうへ、不安なまなざしをむけていた。門口から門口へ人がうごき、傘と傘、白い息と白い息がかさなりあい、足音が乱れた。父はもどってせわしく椀をあおり、アノラックをひきかぶって出勤した。

子供たちが停留所でバスを待つあいだに、白い幕のむこうから、小柄な、揺れる影が降りてきた。一人が「なんだべさア」と方言でよびとめ、ほかの者もむらがると、

「坑内の火事だねす。二つの坑口さ、真っ黒い煙、もうもうと出てるねす」

と、これも方言で声がかえった。影は作業着に脚絆、地下足袋を着け、すこし行くとまた同じ質問をかけられ、するとと同じ言葉でかえして、一足一足ごと、雪に吸われて薄れるように下の長屋のほうへ消えていった。

夕方辰夫が学校から帰ったときには、午後のはやい時間、雪の上がるのとしめし合わせたように鎮火したとかで、製錬の斜め上側の坑口に、なごりの白煙が立ちよどんでいた。淡い

夕焼けが庇のようにかかる西空の下、坑口の縁からむら雪の雪肌をおおって山の稜線へのびる黒い巨大な舌が、噴き出してきた煙のいきおいを想像させた。父は原因調査団の一行を送りかえしたあと、「漏電によるボヤ」という報告書と復旧の見積もりを作成する作業にいそがしく立ち働かなければならなかった。

チリへ出発の朝、父は不安な表情をかくさなかった。

「おまえらと一緒にこの山を出られないとはなあ。母さんがあんなに頑固にそう言うから、会社に聞いてもらったけど。例はないがそれならそれでいいと、会社もなあ」

息子の卒業までの残り四カ月、山にとどまるというのが母の言いだしたことだった。「こんな半端な時期に辰夫を転校させるのはかわいそうよ。東京の学校は教える内容も違うわ。卒業アルバムだって思い出と結びつかないものになってしまう。友だちでない生徒ばかりの中に写っていてなんになるの。もうひと冬ぐらい大丈夫よ」と、母は父の説得にも首を縦にふらなかった。結局、卒業式をおえたところで東京の留守家族用社宅に移るてはずがとられた。

「辰夫、ちょっとグラウンドへ行こう」

グラウンドは、建屋のあつまる区画よりさらに一段高い位置にある扇形の台地だった。もとは鉱毒の堆積場で、満杯となると堰堤を高くしてまた貯めるを何度かくりかえした末、昭和新山みたいにここまで成長したという。すでに戦前、ズリを投じてふつうの土砂をかぶせ、運動場として使っていた。扇の淵は切り立っていて、野球でホームランを打ったりするとボールは側面を転げ落ち、だれかがヒヨドリゴエで下り、拾ってくるまでプレーは中断した。この土地の一角だけが沢を一望にできた。父は見おさめるつもりだったのだろう。

「引っ越して来た最初の日は合宿に泊まったのだが、憶えているか?」

辰夫は無言で首をふった。賓客、来客の接待や宿泊の施設である合宿は、グラウンドに接して建っている。

「着いたら、グラウンドじゅうが赤トンボでいっぱいだった。足の踏み場もない。おまえがおおよろこびで飛び出していき、空に手をのばして拳を握るとそれだけで捕まるぐらいだった。いまでも多いが、あれほどの数の年はなかった」

並んで縁に立つと、はだ寒い風が吹き上がり、まばらに生えるススキの白い穂がゆれた。グラウンドにはなぜかススキとクローバーしか育たない。向かいのコガネ山の落葉がだいぶ進み、山神社が赤い座布団にせいせいと腰かけているように見えた。

「母さんを、たのむぞ」

と父は言った。

辰夫は、その唐突さにわけもなく背筋がこわばった。母は、父がそばにいない暮らしを、父の意向を拒むことからスタートさせようとした。父はそのことへの恨みをごまかそうとしている、とおもった。

出発の時刻がせまると、ふつうの転勤とは一種異なる壮行気分が、わずかのあいだ父を囲んだ。しかしそれも一時だった。荷台にトランクをのせトラックが走り去ると、にぎわいはたちまち世間話へまぎれていった。母はトラックの背を手もふらずに見送り、集まってくれた人々への挨拶もそこそこ、家へひきかえした。

静かな年末年始となった。毎年父が山から伐ってきて部屋に飾ったモミの木のクリスマスツリーが今年はなかった。正月の料理も母は形だけですませた。それでも不満はなかった。夏にやってきたテレビが、クリスマスのムードも元旦のめでたさも、いつも以上にもりあげた。なにより、両親の喧嘩がもう起きないと考えるだけで、こらえても笑みがわいた。「きのうまた喧嘩してたね」「辰夫の父ちゃん昨日また酔っぱらってたね」と通学のバスで女子に言われずにすむことが嬉しかった。

沢には川を挟んで、車の通る道のほかに上への近道が一本あった。近道というぶん、途中に崖を這いのぼるほどではないものの、かなり急勾配の坂がひかえ、石と丸太で危なっかしい階段が付けられていた。暦が二月へめぐってまもない日の夕刻、母は供給からの帰路、その階段で転落死した。退屈な供給への往復を、母は帰りの道をかえることでまぎらしていた。霜柱がとけ、下土がゆるんでいた丸太をたまたま踏みはずし、運わるく頭を石の角に当てたのだった。

戸板ではこばれてきたとき、すでに息はなく、体は冷たくなっていた。「なんでだれかすぐ、道、通らなかったんだか」と隣家の小母さんが発見の遅れを悔やんで声を荒げた。辰夫は膝の震えをおさえられなかった。唇をかむと涙がかってに、ぼろぼろとこぼれた。

辰夫はすぐに隣家へ追いやられた。合宿へ移され、伯父夫婦がかけつけた翌日の午後まで母の死から遠ざけられた。

本社のほうで、父への国際電話が手配された。とはいえ地球の反対側から明日あさってに帰還できるわけがなく、伯父と会社の話し合いで善後策が講じられた。この地で荼毘に付したあと、遺骨は東京へ持ち帰る。辰夫をひきとって転校させる。すべては伯父みずからが一手に請けあう方向ですすんだ。大人たちが決めた時間割にはめこまれて、辰夫は東京へ連れていかれた。

父の帰国は初七日にも間にあわなかった。卒業式までの一カ月余りを通うことになった新しい小学校からもどったとき、父は、辰夫用に割いてもらった部屋の簡易な祭壇の前で、腑抜けさながらに坐りこんでいた。辰夫を手招いて横へ並ばせると、「あそこに残していった父さんが悪かった。ごめんな」と、残ったのは母のつよい要望だったことを忘れたかのように言った。あとで伯父に聞いた話では、本社に立ち寄った足で疲れを引きずりながらたどり着き、がっくりと膝を折って遺骨にしがみつき、無言の涙でしばし畳をぬらしたという。母への父の暴力を知らない伯父には、単純に痛ましく見えたかもしれないが、辰夫もよけいなことは言わなかった。

父はいちど見おさめたはずの鉱山へ行き、家財を伯父の電器店の倉庫に一時預かってもらうてはずのもと、荷をまとめ、発送し、社宅を空けわたしてきた。そしてチリでの職務にもどる都合上、少し早めだが急遽、四十九日の施主に立った。段取りをつけた伯父をはじめ、母のきょうだい、親族も、この日ようやく別れを惜しむ正式な席をもった。

ふたたびチリへ向かった父は、辰夫が高校二年の初夏、五年ぶりに召還された。そのまま本社の海外事業部につとめることになり、社宅が用意され、家族再出発を祝福する伯父一家のまなざしに見守られて、父と子はあらためて同居を始めた。

しかし、適当にやれるだろうと深く考えなかった新生活がいかに甘い見通しのものだったか辰夫はすぐに思い知った。

親としてなにもやってやれなかったと、その隔たりを取りもどすつもりか、あるいはチリでの単身生活で身についた習慣なのか、父はこまめに家事に精をだした。ベランダを花鉢で埋めた。しかしそんないかにも家族を営もうとする父の努力は、辰夫には気恥ずかしく、たちまち鼻についた。それが小さいころ体臭に反発したと同じ生理的嫌悪の再現、責めるのは酷と頭ではわかっても、ことごとくが辰夫の気にそわなかった。いらいらが一滴一滴体に積もって、息苦しさが日に日に水かさをあげていった。そうなると父が在宅中の一つ屋根の下では、勉強も落ち着かない。学校の図書館でぎりぎりまで過ごすようになった。

「親子きょうだいで気持ち悪いぐらいべったりと、仲がよいというか団結しているというか、そういうのいるだろう。逆に、離散へ離散へといつのまにか向かう家族というのがあるのではないか。当人たちに憎しみとかなくても、そういうそそのかしの遺伝子があったりして」

辰夫がぐちをこぼすと、同じ高校に進んだ春彦は首をかしげた。

「本能って意味かい？」

「ヒトも種の一つだろう。全部の家族が求心力ばかりでまとまっていたら、近親交配の危険が増すし、種としてなかなか地上に広がっていかない。キツネの子別れというだろう。動物や鳥類は親がついさっきまで育てていた子をテリトリーから追い出す行動をよくとる。人間にも同類の本能があって不思議はないさ」

「俺と親父がその口だと？」

「特別に憎みあうような出来事があったわけではないのだろう？」

母を殴っていた父の姿がちらりと目の端をかすめたが、「まあな」と辰夫は答えた。「だとすると、解決策はないってことだ」

「そういうものとおもっていれば気が楽だろう。成るがままは成るままに、無理なことはしないで、流すことだな」

半年もたつと、父のほうの無理がほころびはじめた。辰夫が朝は食べたり食べなかったり、父の帰りが一定しないせいもあり、まず食生活が崩壊した。いつとはなく、食器棚の引き出しに父が投げこんでおく現金を自由に使って、それぞれ好きな食料品を冷蔵庫に買い置くシステムが生まれた。そのシステムが生活全般へ拡大解釈されていくのもなりゆきだった。だからといって衣類など金額のかさむ必要なものを買うときは、そのつど事前に了解をとった。

年末、ベランダの花園は、小さな砂漠の陳列地と化した。いくつかの忘年会でそのたびに酔って遅く帰った父は、ワイシャツのままいぎたなく寝こむ醜態をみせたが、息子の目を気にする様子はもはやなくなっていた。

年が明け、新聞が経済展望のシリーズを始めた。何回目かに、閉山あいつぐ国内の金属鉱山が、海外の鉱山との提携に活路を見いだそうとしているという記事を載せ、父の会社と耳におぼえのある名のチリの銅山の例が、具体的に述べられていた。そこには、昨年いよいよ合弁事業に本格的に乗り出す運びとなり、連絡事務所は撤収してあらたに実務部隊が送りこまれた、とあった。

居あわせた父に伝えると、「ああ」となま返事が返った。

「父さんがいた事務所はなくなったの?」

「前は見張り小屋みたいな所だから、もっと広いオフィスにしたのだ」

「見張り小屋って、なに見張っていたわけ?」

「他社とか外国資本とかに先を越されないように情報を集めることが仕事だ。国や現地の役人どもと仲よくしていればいい。たいした仕事ではない」心なし眉を寄せた。

「鉱脈を探していたのかとおもっていた」

「そんな必要はないんだ。アンデス山脈には銅鉱床はゴロゴロしていて、あらためて調べるまでもない。開発資金、運搬、採算の問題だけだ。その目途がつくまでの案山子をやっていればよかった。収穫するさいには案山子は用済みってことだ」

なげやりな口調に自嘲のひびきもこもった。

「金は？　探さなかった？」

「金？　なんで？」

「アンデスといえばインカ帝国」

「ああ」と父はうなずいた。「インカ帝国の中心はチリではなくペルーだ。ひとつ教えてやる。インカでは金のことを太陽の汗と言うそうだ。銀は、月の涙」

一年十カ月つづいた同居は、辰夫が第一志望校だった京都の大学に受かって家を離れ、幕を下ろした。父と離れる意図で地方の大学を選んだふくみは否定できない。このころには父のほうも、すっかり大人びた息子に、波長の合わないいらだちを隠さなかった。折からの学園紛争や政治問題への意見をのべると、政治むきの話題は好まないのか、表情をゆがめた。家の中は、片づいていてもなにかしら荒れがはびこり、いつ崩落してもおかしくない氷河の突端のような寒々しい緊張が支配した。

辰夫が下宿へ引っ越すあいだに、父が会社の肩たたきにあっていたとはあとで知ることだった。学生運動のうねりが飛び火して、辰夫の大学キャンパスでもデモが渦巻いた五月、父は退職勧告を受け入れ、会社の紹介で工機販売が主体の商事会社へ転職した。父にすれば国内の鉱業が衰退し人員整理がすすめられるなか、やむをえない選択だったろう。それを知った辰夫は、息子に逃げるように家を出られたことで糸がプッツリ切れ、屈したようにもおもえて、複雑な気持ちだった。

新たな会社の社宅へ父は引っ越した。社宅とは名ばかりの遠くて古ぼけた集合住宅だったようだが、そういう社宅に入ることができるという条件が父の気持ちをうごかしたと、そう言っていたとは、伯父を通して聞いた話だった。父のサラリーマン人生は、社宅人生でもあった。

そののち、父と子が一緒に暮らすことはなかった。

旧鉱山を訪ねたきっかけは、その前年末に結婚生活が破綻したことだった。

直子とは、辰夫が新人として回された都下の支店での三年目に、町内会の夏まつりに金融機関合同でだしものをつくる打ち合わせ会で知り合った。直子は信用金庫に勤めていた。夏まつりのあと、その会に関わった者同士が四、五人、週末に声をかけあい酒場に集まるようになって、そのうちにつきあいが始まった。

「辰夫さんは金山の出身だそうですね。私、興味あるんです。金山てどんなところですか。佐渡には行ったことありますけど」

「佐渡は、まだ掘っているのですか?」と反対に訊いていた。

「私が見たのは江戸時代の穴で、人形が動いていました」

「ああ、観光の」

「金山の金は、どれぐらいのかたまりで出てくるのですか?」

「かたまりで出てきたら大事件だよ。鉱山の社宅には、父が採鉱の人にもらった大きな鉱石が玄関に飾ってあったけど、水晶の赤ん坊みたいな小さいぎざぎざがある岩の表面に、目を寄せてやっと見える程度の金粉がこびりついていた。それでもこれだけ大きいのは珍しいと父は言っていたぐらいだから」

そんな素朴な会話が辰夫には快かったし、直子が十歳のとき交通事故で父親を亡くしていることを、自分の境遇とかさね合わせた面もなくはなかった。母親は高校二年の時に再婚していたが、彼女を守ってやらなくてはならないという漠然としたおもいが結婚に向かわせたのかもしれなかった。

「そうではないわ。あなたは私が母子家庭だってことに安心したのよ。卑怯な人よ」

夫婦仲がおかしくなってきたとき、直子は甲高い声をはりあげた。「母がうちかけ縫ってあげるって言ってくれたのに。結婚式も挙げなかったから、母にも私にもひとつも思い出が残っていない」

式を挙げないことは合意だったと言い返そうとして、辰夫はそのとき、はっと口ごもった。胸に隠していた結婚式への女心をいまになって打ち明けられたとまどいに加え、図星をさされた気がしたからだった。籍を入れたのは本店のディーリング室勤務になって二年目のことだった。

入社以来、辰夫は先輩、同期と、数おおくの結婚式に出席した。ほとんどが担当役員に媒酌をあおぎ、部署ぐるみの祝事に終始する。もはや心おきなく会社につくしてもらいたいといった直属上司のおきまりの挨拶から、新郎をよろしくとへつらう親の姿まで、式場はいつも会社への忠誠をたしかめる誓いの場と化した。そうでなくても毎朝社訓を朗誦させられ、運命共同体の洗脳を受けている。せめて結婚ぐらいは会社から離れたい、辰夫はそう言って直子を説得したのだった。

「甘いでしょうか、組織の人間としては」

室長からはいちおう事前に了解をとりつけた。当時の室長は海外生活も長かった人物だけに、むしろ賛意を表してくれた。

「私的なことでは自分の意志を大事にすることだ。会社は一つの容器でしかないのだよ。そうした一つ一つのたくさんの容器が集まって社会があり、それら容器の外に、さらにまた別の世界が広がる。だが、その一つでしかない容器があたかも全世界であるかのように抱えこんでしまうのが日本のサラリーマンだ。会社とプライバシーを区別するほうが、むしろ世界標準というものだよ」

日を決め、ふたりで探した賃貸マンションへ身内に集まってもらい、式代わりの会を開いた。直子の側からは母親と、再婚相手の義父と、年子の弟。辰夫の側は父と伯父夫婦、春彦夫婦、信州の温泉から文哉も駆けつけてくれた。仕事関係者、同僚、友人へは通知のはがきですませた。社内からは、「しゃれたことするね」と簡素にすませる意図に共感したむねを電話してきた同期もいた。

しかし直子の家が、両親のふつうにそろった家族構成だったら、それを強行できただろうか。母子家庭だから安心して、反対できるはずがないと読んでそうしたと疑われると、断固それを否定できない。家と家との正式の結婚となったとき、こちらは結納であれ家族紹介であれ、父に前面に出てもらって体面をととのえなければならない。父にそういうことを依頼するのが嫌だった。だから、そんな自分に直子は都合のいい女だったといえばいえる。ありうる自分の心理に、辰夫はどきりとしたのだった。

数年はたいした波風もたたず、順調な暮らしだった。自社のローンでマンションを購入し、快適なリヴィングにおたがい満足しているはずだった。辰夫はベッドを離れると素早く、トースト、ハム類、野菜サラダ、ポットにコーヒーを用意し、一人で食べて出勤した。勤務先までの時間に三十分ゆとりがある直子は、直後に起きだし、コーヒーを飲むだけで出勤した。

「勤めがつらくなったら、いつ辞めてもかまわない。なにか趣味でもつくって、子供とのんびり過ごすのもわるくないだろう」

　ある休日の昼近く、やっと起きてきた直子に声をかけたのは、疲れているように見えたからだった。ふだんなら「ほんとだ。そうしちゃおうかなあ」と、どうでもよい会話でおわるのだが、そのときはどういう虫の居所か、直子は寝ぼけまなこを急に丸くし、声を震わせた。

「私は子供なんかほしくないの。会社を辞めたりもしないわ。私がなぜ仕事を続けているとおもうの。こうして結婚していたって、いつまで長つづきするか、保証はどこにもないのよ。あなたが外に女をつくって出ていってしまうかもしれないのだし」

「そんなことはない」

「死んじゃうかもしれないのだし。そのとき会社辞めていたら、私、食べて行けなくなってしまうのよ」

　わかったわかった、とその場は収めた。父親が死んだあとに母親が金銭面でなにか苦労したのかとさぐりもしたが、おもえば、直子が心の表の覆いをぬぎ捨て、裏のひだをのぞかせるようになった、それが始めだった。

「あなたは冷たいの。残酷な人なのよ。お父さんのことだってそうでしょ。この家に一度だってご招待したことがあって？　元旦に伯父さんの家に行っても、形だけの挨拶で、まるで他人みたい。お父さんがバードウォッチングのお話をして、皆さんが興味もって質問しているのに、あなたは嫌らしい目でじっと見ている。私、恥ずかしい。何があったっていうのよ、あなたたちに」

「何もありはしないよ」

「何もありはしないですって？　前に、子供のころ、気が合わなかったとか、言っていたじゃないの。気が合わないといったって子供のころの話でしょ。それをいい年まで引きずって。あなたはちっとも大人になっていない。まだ子供よ。だからお父さん、いなくなってしまったのよ」

「親子だから、他人よりもかえってこじれたり、許すことができないということも起きるものなんだ。いずれにしろ、おまえには関係ない」

「あるわよ。だって、あなたの妻だもの。親子だから？　ああ、そう。だから、そういう出来事があったのなら言いなさいよ。父親と子供が何をしたのか、妻だから、聞いてあげるわよ。知っておく権利あるはずだわ。説明しなさいよ。説明しなさい」

　名古屋に左遷されたのはそのころだった。単身赴任するしかなかった。職場では挫折感を見せないように努めたが、会社に大損を与えた社員へ向けられる目は冷たく、疫病神にのりうつられても困ると、寄ってくる者も少なかった。年上の行員にいやみを言われ、子供じみたいじめの洗礼もうけた。

週末に帰京する生活がはじまった半年後、直子はマンションを出てアパートを借りたいと言いだした。

「どういうこと？　別居したいってこと？」

「そうではないの。ここはあなたの買ったマンションでしょ。一人で暮らすようになったら、なんだか理由もなく他人の家に住んでいる気がしてきて」

「理由はあるだろう」呆れるよりも、辰夫は言っている意味がつかめなかった。「ここは俺たち二人の家だ。他人の家ではない」

「いいえ、あなたの家なだけで、私は一銭だって出してない家よ。だからあなたがいれば住まわしてもらっていることになるけど、いないとなんだか、だれとも知れない人の檻につながれているみたいな違和感を覚えてしまって。ねえ、こうしない？　私もアパートから週末、ここに来るの」

「なんでそんな無駄な金を使わなければならない」

「アパートは私が私の給料で払うのだから、心配しなくていいわよ」

「そういう問題ではないだろう」

冗談にもほどがある、とにかく訳のわからない行動は認めないとはねのけ、そんな押し問答が週末に何度かつづいた。どこまで本気なのか、本気ならば一体その根底にある気持ちは何なのかと、辰夫はただ困惑するばかりだった。

　それからのことは、あっという間の出来事におもえる。直子は、平日の一人住まいが余計なことを考えさせ、あらぬおもいをつのらせるとばかり、つきあい始め以来のあれこれに因縁をつけ、それを不実ときめつけ、なじり、悲鳴をあげるまでになった。そして積み上げた辰夫への不信に押しつぶされていくかのように直子自身もげっそり痩せ、こんな男と暮らした年月がうらめしいと泣きくずれた。直子の叫び声がもれるのか、すれ違う隣人が気まずそうに顔を合わせなくなった。

　疲れきっておもわず平手をふるったのが最後だった。一つふるうと止まらなくなり、十か二十か殴った覚えはある。直子の対応は早かった。名古屋へ舞いもどった三日目には弁護士から電話がはいり、本日、直子が荷物をまとめて家を出たこと、離婚手続の代行を依頼されたことを伝えてきた。

　離婚の処理がすむと、虚脱の闇が深く下りてきた。酒を飲み、名古屋の繁華街をうろつきもした。アリジゴクの砂の壁をもがくような浅い眠りの日がつづき、その後、洞窟の奥から月光の田園をひとりながめているような感覚が全身をおし包んだ。毛細血管の隅々にまでキーンと痺れがうちよせ、このまま死んでもいいとおもったのは、そんなときだった。妻とのことは十分にやった。行き着くところまで精一杯我慢し、殴ったことをのぞけば悔いはない。会社のこともそうだ。左遷される日まで部下と力を合わせ、焼け石に水といえ、出した損失の三十パーセントを取り返した。短期にあれだけのねばりは例がない。ディーリング室に従事するあいだに会社に献じた利益は相当にのぼる。おれは全力をつくした……。人生に満足する気持ちが茫洋とふくらみ、だからもう死んでもいいと、瞼ががっくり重くなった。

揺り返しは、俗な打算でやってきた。自分がこのまま死んだら、左遷と離婚に絶望したといわれるのが関の山だ。笑われるだけだ。よくやっただと？　たかが一人の女のため、たかが会社のため、ひとりよがりに尽くしただけではないか。自嘲がわいた。社会に出てからここまでの人生が、急にみすぼらしく見えた。それでおまえは、自分のためには何をやってきた？　趣味らしい趣味さえなく、世間に身丈を合わせ渡ってきた以外、何があるといえるのか……。

自分は父と同じだ、そう気づいた。鉱山の日々が脈絡なく脳裏をかすめた。妻に暴力をふるい、仕事での不遇にいじけ、自らの不甲斐なさを酒にまぎらせる。あの疎ましい父は、自分だった。だが父のほうがまだマシだ、と胸で竹林が風にうねるようにおもった。父には自分のための、バードウォッチングがあったではないか。父への疎ましさが、父への敗北感に反転した一瞬だった。

父との関係の仕切り直しと、離婚までの磨り減った神経を早く取りもどしたい期待を心づもりに、鉱山を訪ねてみようとおもい立ったのだった。

4

法事の日時は春彦が寺と電話で話して決めていたが、手土産をあしらえて、あらためて二人で挨拶にうかがった。住職は先代を継いだ四年前までは高校の教師を務めていたと言い、話し好きで、父の失踪した経緯を興味深そうに聞いていた。

帰路、春彦がマンションに立ち寄ることになった。墓に納める遺品を何にするか早く決めなければならないがなかなか時間がとれないと辰夫がもらすと、今日はどうなのだ、これからやろう、手伝ってやると尻を押された。父の遺品はダンボール箱に詰められ、一室に積み上げられている。辰夫は一度も開いたことがない。春彦はそれを知っていて、開くとなると少なからず力仕事になる、力仕事には馴れているからと、買って出てくれたのだった。

父の身の回り品は、失踪後も伯父のつよい意向で、そのままにされた。いずこへか死にに行ったと確信にちかい直感で辰夫に説明し、その責めを自分に課しながら、いつただいまと帰ってくるかしれないからと矛盾した理屈をならべる伯父に、だれも口は挟めなかった。アパートの父の部屋は八年間、伯母がときどき掃除にかよい、現状保存されていた。しかし伯父が死ぬ二年前、築三十年を過ぎたモルタルアパートが老朽し、限界をむかえた。やむなく建て替えることになり、それを機会に辰夫が引き取ることにし、別れた妻が使っていた部屋へ運び入れた。そのときも春彦が力仕事を請け合ってくれた。積み上げたダンボール箱は、電器製品の空き箱を利用しているため、四角い形も大きさもまちまちだった。しかし側面にはアルバム、カメラ機器関係、什器類、衣類というように中身がていねいに表記されていた。老いた伯父と伯母が二人で気をつかい梱包している様子が目に浮かび、頭が下がった。

「アルバムを見ていいかな。おれはじつは叔父さんの撮った写真を見たことがない。遼太はよく見せてもらいに通って、すごいすごいと言っていたが」

春彦は床に下ろした箱の横でガムテープを引き剝がす姿勢で了解を求めた。長男の遼太は大学三年生になり、日本史科の考古学を専攻したと聞いている。

「遠慮なくどれでもかってに開いて、なにかめぼしいもの見つけてよ」辰夫もアルバムを一冊、箱から引き出すところだった。「それにしてもアルバムだけで何箱あるのだろう」

「アルバムはとりあえず全部出して、年度順に並べてみないか」

「そのほうが親父の腕まえの軌跡が見えるかもしれんな」

父の失踪の理由がそれでわかるとはおもえないが、と辰夫は初めて見せられたときの記憶をたぐった。

父のバードウォッチングは、チリ滞在中に始まっていた。カメラ自体はいつも父の身近にあった。が、家族にレンズを向けるでなく、仕事の道具にすぎなかった。ふだんは磁石やブラントンコンパス、タガネなどとともに、布バッグにひとまとめにされ、しまわれていた。

その布バッグが父と一緒に海を渡った。

チリから帰国し同居が始まってまもなく、父は辰夫を呼び紙の袋から写真の束を取り出し、畳の上にひろげてみせた。現地の人のバードウォッチングにつきあい、見よう見まねでやってみたのだと言った。一枚一枚を示し、これはムナジロヒメウ、これはカンムリガモ、クビワヤマセミ、ランチョウ、マゼランカモメ、セアカノスリ、と辰夫の反応を見ながらつぎつぎに名前をあげた。あとでおもえば、父なりに息子と心を通わせようと図った対話の一つだったろう。写真はおせじにも上手いとはいえなかった。フレームの中に鳥が収まれば、あとは鳥自体の美しさ、可愛らしさが写真をつくってくれるといった程度の技量だった。そのなかに一枚だけ、明らかに別人のプロによるとおもえる大判サイズの写真があった。コンドルが大きな羽をのびのびとひろげ、飛影をアンデス山脈の切り立った赤い峰に落としていた。どこか山頂から見下ろすポジションでレンズを向けなければ絶対に不可能なアングルだった。チリの有名な写真家からもらったと父は説明し、親交があったのだと補足した。口ぶりから、その写真と写真家が父の目標のようだった。そして蛇足のように、せっかく地球の裏側まで行っていたのに、美しい鳥、珍しい鳥の宝庫であるアマゾンやガラパゴスに足をのばせなかったのが心のこりだと、笑って肩をすくめた。

しかし帰国後のしばらくは、カメラを手にすることはなかった。父の怯懦な性格からいって、外地で遊び呆けていたのではと会社に見られるのを恐れたからだったろう。本格的にバードウォッチングにのめりこむのは、辰夫が大学に入って家を出たのち、リストラで転職してからだった。以後の父の動きは伯父や春彦からの伝聞によるが、新しい職場では気兼ねはなく、倍率の高い望遠レンズや脚立、カメラ器材の一式を揃え直し、ぼちぼちと国内の森や湖沼へ足を向け、しだいに熱が入っていったようだ。定年後は気のむくままに列島中を歩き回っていたという。ただ父が、いかなる会に属することもせず自分流の探鳥家だったことは、失踪後日本野鳥の会などに問い合わせたことでわかった。

毎年元日に伯父の家で開かれる祝宴の席で、春彦の子供たちから質問されるとよく、父はうるさがらずに答えていた。

「シマフクロウの主食は魚だから、生きていくためには餌場の川にいつも魚がいっぱいいないといけない。でも、下流の漁でサケやマスは一網打尽にされてしまう。ダム開発で死滅した河川魚もたくさんある。シマフクロウの営巣用に樹木を保護しても、川を自然にもどさなければ絶滅の危機を回避することはむずかしい」

辰夫が父の趣味のほどをかいま見る機会は、そうした親族の集まりのときに限られていた。

「失踪した年のアルバムがないな。失踪したのは九月なのだから、あってもいいはずだが」春彦が気づいて言った。

「まだネガのままなのだろう」ネガ類には別の箱が用いられている。

「そのかわりこんなのがある。すべて、なんていうのかな、森の写真だ」

「鳥以外をまとめた一巻かな」どれどれと辰夫ものぞきこむ。

アルバムに整理された鳥には名称と撮影日時、撮影場所がそれぞれ記されていた。年ごとに手が上がり、鳥の背景、遠近、動きの一瞬をとらえる技術に、めざましい熟練のあとが見られた。失踪する一年前のアルバムからは、ほんとうに父が撮ったのかと信じられないような、ある種の達成感さえ伝わった。そこにいる鳥たちはもはや被写体ではない、と辰夫は唐突に感じた。父のカメラは鳥たちのいとなみと一体になり、鳥たちは父のカメラにみずから応答して隠しごとなく撮らせている、とそんな気がした。

春彦が森の写真と称したアルバムには、森だけでなく、水辺や枯野、樹木、岩山、裂けた岩間からしたたる清らかな水など、訪れた山野で出会ったらしい風景が写し撮られていた。表紙に「そのほか」とあるだけで、一点一点ごとには年月日も何も書いてなく、個別にいつのものかはわからないが、錬度からどれも失踪前一、二年のあいだのものと推測できた。それらの風景は、多様な自然のひっそりとした息づかいをひそませ、見る者を引き込む力を持っていた。最後の鳥のアルバムと世界が共通するようにおもえ、父にとっては一対の意識があった別巻ではないかと感じさせた。辰夫は十年前に自分が撮った、比較するにも値しない旧鉱山の風景写真をおもいだし、苦い笑いにつかまえられた。

春彦が帰ったあとも、ダンボール箱と格闘をつづけた。部屋の中は箱から引き出した物品で足の踏み場もない。小物と表示された中からは、小さな木箱に納まった金鉱石や、おもいがけず母の遺品と見られる化粧箱が出てきた。母が死んだとき家財は伯父の電器店の倉庫に預かってもらっていた。チリから召還され社宅に入るにあたり、父がそれらを処分したが、手元に残した一部なのだろう。金鉱石は玄関に飾ってあったものよりだいぶ小さく、しかし金片がしっかり張り付いている。化粧箱には指ぬきなどとともに黄楊の櫛も入っていた。日なたに鏡台を持ち出し、ながながとそれを用いていた母の姿が目に浮かんだ。それらを父はどのようなつもりで大事に持ちつづけていたのかと、辰夫はまばたきしておもった。

にわかに頭の中が明滅した。ひらめいたのは、父が失踪した年の元旦恒例、伯父の家での宴席で、伯父と父がかわした会話だった。

「だいぶ熱心のようだが、日本にはそんなに鳥の種類がいるものなのかね？　まだ撮りつくせていないのか？」

「バードウォッチングは鳥を撮りつくすのを目的にするわけではないよ。同じ種類の鳥でも、よく見れば一羽一羽ちがうものです」

「おれには雀は雀、鳩は鳩、みんな同じ顔に見えるがな」孫たちの笑いをとって、伯父は質問をつづけた。「先月も出かけていたが、何か狙っている鳥がいるのかい？」

「先月はクマゲラを追った」父は答えた。

「それは珍しい鳥なのか？」

「日本で見られるキツツキのなかで最も大きい。雄と雌ですこし違うが、頭頂が赤、目の虹彩が黄、そして全身は漆黒の鳥、と図鑑には出ている」

「で、撮れたのか」

「残念ながら出会えなかった。いままでにも何度かチャレンジして、ふられっ放しだ。北海道にもいるにはいるが」

父は、確かにそう言ったのだった。北海道にもいるにはいるが、と。

その意味は？　……父は、北海道に行っていない。何度もチャレンジしたとは、北海道のクマゲラではなかったということだ。

辰夫はたまたま、白神山地で観察されたクマゲラの生態、子育てをつづったテレビ番組を見たばかりだった。地球の生き物たちを紹介するその番組のナレーションでは、北海道以外での棲息が確認されて、まだ十余年しかたっていないとのことだった。それなら、父がクマゲラを追ったという年には、本州での存在さえ未確認だったのではあるまいか。では父は、北海道へ行かずに、北海道以外のどこへ撮りに行っていたのか？

考えられるのは……。小学六年の七月、親子でめざした、あの森？　父が失踪して向かったのもあるいは……。辰夫は、記憶の底に目をすえた。

父は当時、山買いの任務も負っていた。

鉱山は坑内、坑道の築造や補強、安全管理用に多くの木材を必要とする。溝渠や作業用の小建築など地上部分の施設でも木材の用途は大きい。鉱山はその需要を山ごと買ってまかなっていた。会社が使用しない細い雑材は薪束にくくられ、竈や風呂の燃料、冬のストーブ用として社宅各戸にも配られていた。

山買いは入札で落ちると手付けをうつ慣習で、父はその前夜、よく大金の入った風呂敷包みを持ち帰った。それを胸に抱いて寝る父の寝返りをうつ気配が、その夜は朝まで止まなかった。伐り出した石高が見積もりを大きく上まわったりすると、伐り出しを請け負った地元業者と家で酒盛りを開くこともあった。「さすがでねす。とてもそこまで出るとおもわねがっだすから、おらたちもうれしねす」と方言で持ち上げられ、一升瓶をかかえ酌をして回っていた。

父の話によれば、その日父は、入札価格見積もりのため、樹相の検分に行ったのだった。父は、目標の山より二つ三つ手前の山裾で、送ってもらったトラックを降りた。周辺の山々は案件の林相とつながり、見積もりの参考になるという。地形図をトラックの物入れに置き忘れたと気づいたのは、枝道に入ってからだった。トラックは夕方に迎えの手はずで帰してある。まずいと唇をかんだが、下調べで赤鉛筆でなぞったルートはなんとか頭に描き起こすことができる。歩きなれているとの過信があった。一帯はリアス式の海岸線をもつ地形で入り組んでいる。進路が狭まっても懸念はなかった。たどり着いてもよい地形がいっこうに現われないと、不審を覚えたときは後の祭りだった。踏み入ったそこは、すでに道の体をなしていない場所だった。引き返す途中で、かえって道なき道に誘いこまれた。そのあとはどこを歩き、どれぐらいの時間が過ぎたかさえわからなかったという。ひんやりと皮膚をなでる土の臭いでハッと立ち止まると、足元は腐葉も厚く、頭上には高い梢がのしかかり、太い下枝が前後をさえぎっていた。

雨音が葉枝を鳴らした。樹間を落ちてくるなまあたたかいしずくが肩をぬらした。雲の暗さに繁みの暗さがかさなり、墨色の靄が漂って不気味な気配につつみこまれた。やられた、と凄然となった。突然、浮遊感にのまれ、沼を踏んだかの気がして鳥肌がたつと、それが恐怖だった。頂上へ向かえ、谷は危険だ、と声が頭のなかで割れてひびいた。しかし上へ行くつもりが横ばい、横ばいのつもりが堂々めぐりで、いたずらに迷走をくりかえした。

樹木の奥に、そこだけ薄日が差しているような一群の緑が見えた。いざり着くと、薄日の色と見えた明るさは錯覚で、一帯が明るいのは木々の葉があたかも光をたくわえ、かがやいているからだった。そのかがやくような高くおおった梢の屋根に、さたさたと、妙なる音色が渡っている。そこは、腕で抱えきれそうにない太さも混じる幾百本、幾千本、どこまでも広がるブナの森だった。

冷静さをとりもどした。恐怖にうろたえ、自分を見失っていた時間が愚かしくおもえた。しずくの垂れてこない熊笹のはえる枝陰をえらび、リュックを下ろした。しりもちをつき、脚をなげだし、息をととのえ、天の音色に聞き入った。にぎりめしを取り出し、空腹を満たした。それから幹の根に背をまかせた。まどろみに誘いこまれ、やがて目覚めたとき、天上の音楽にかわって木洩れ日が光の舞いを演じていた。やんだかと腰を上げ、一つ深呼吸をした。森の気が体にしみわたった。すると、たったいまのまどろみの時間が二度と得ることはない至福の時だったようにおもえたという。

ゴッ、ゴッと強く扉をノックするような音に振り返ったのは、そのときだった。目が行った先のミズナラの幹に、一羽の鳥がとりついていた。はじめは鴉かと見えた。大柄。そして燕尾服をしっかりと着た姿の全身黒色。ほかに名を知らなかった。だがすぐに、頭頂が臙脂色、幹にとりつく恰好はキツツキそのものだと首をかしげた。鳥はゴッゴッともう一度樹皮をうがち、おもむろに白い嘴をふりむけてきた。見つめあった、そうおもったという。鳥は二度、三度と赤い頭をみせ、首をたてにふった。それからおもむろに羽ばたき、近くの小枝に飛び移った。そこでまた嘴をむけ、同じように首をたてにふった。そのしぐさにうながされるようにリュックを担いだ。つづいて鳥は、もつれ合う枝の下を笹の葉先すれすれにかいくぐって、すべり抜けた。笹を割って追いかけると、前方の樹幹にピアッキュピアッキュと鳴き声をあげながら姿をとどめていた。何度か、飽きない追いかけっこをくりかえした。いつしかブナの森をはなれ、やがて、松の大枝も混じる樹林をへて、小さな清流へ行き着いた。鳥はそこで見失った。流れを藪に沿ってわずか下ったところで、標柱のある林道につきあたった。

「鳥に道案内され、助けられた」

父が家族に話したのは、ひと月後だった。仕事のあいまに、本や地元の人の情報に当たって調べていたのだという。「アイヌの民話にも、山で迷った狩人を案内する話がある。もっとも、熊の居場所を教える別の話もあるから、そっちだったら困ったことになった」

「鳥がそんなことするわけないよ」と、辰夫は無関心に言った。

「問題が一つある。読んだ本には、クマゲラ、そのキツツキだが、今は北海道にしか棲息していないというのだ」

「本に書いてあるのだったら、そうなのでしょ」と母も最初は関心なさそうだった。「ちがう鳥だったのよ」

「しかしあくまで、今は、だ。今は個体が確認されていないだけ。数は少なくなっているかもしれないが、本州から絶滅してしまったとは限らんだろう。古い文献、伊達藩の『陸奥禽譜』というのには、仙台、山形に産すという記述が出てくるというし」

「ほんとうにその鳥なら、大発見ね」

「あの赤い頭。キツツキの最大種。まちがいない。ほかにはない」

「でも、だったら証拠がいるわ」急に興味がわいた表情で、母は目をくるくると動かした。

「カメラ持って行かなかったの。撮らなかったの?」

「遭難しかかっていたのに、そんな余裕はないよ」

「じゃ、もう一回撮りに行くしかないわね」

「もう一回?」父は思案げに目の球をうごかした。「そうだな。だが、年内は動けない。来年、ぜひ撮ろう。命の恩人を写真に撮ろう」

「そうしなさいよ。辰夫も連れていってもらったらいいわ」

あくる年、辰夫はそんな会話があったことさえ忘れていた。行くと告げられ、きょとんとしたぐらいだ。正直、気乗りはしなかった。ただ、父のその鳥へのにわかな拘泥に母がかみ合ったなりゆきを、不思議なことのように見ていた。珍しくもおもい、両親がずっとそうあってほしいとのぞみ、かといって薄いガラスの器のように危うげにも感じ、それを壊したくなくて同行することにしたのだった。

「行ってくる」準備ができ、父が母に声をかけた。

「カメラ、ちゃんと持った?」鏡の前で髪を梳いていた母が、振り向いて言った。

「ああ、撮ってくるさ」

「撮ったら野鳥の会に送るのでしょ?」

「本州で幻の鳥か、と騒ぎになるぞ」

「きっと撮ってきてね、約束よ。わたしに最初に見せてくださいね」鏡の前に坐ったまま、櫛を持つ反対の手の小指を上げた。辰夫は夫婦が指きりする姿を初めて見た。

会社から借りてきた小型トラックを父は自分で運転した。ブナの森がどのあたりに位置するか調べはついているといい、該当域を赤丸で囲った地形図をぽんと叩いた。トラックで行けるところまで行き、そこからは小さな林道にはいった。どこまでも鬱蒼とつづく夏の山は、青い吐息をなまぐさくよどませていた。

飛び石を台座にした丸太の橋がかかるせせらぎの手前を折れる。清らかな流れを横に、もはや道ではない灌木の間を進み、そこで父は立ち止まった。

「去年、ここに出た。ここまで、案内してもらった」

懐かしげに、何かをさがす表情を周辺にめぐらせた。春には芥子色の花を咲かせただろうヤマブキの群落が、重たげに葉枝をたらしていた。それが記憶の目印だった。

「はぐれずに来いよ」威厳をこめて息子をにらんだ。

それからはひたすら山の中だった。父は地形図をにぎりしめ、位置を磁石で絶えずチェックしながら奥をうかがった。辰夫の足は枯れ葉の堆積に膝までもぐった。遅れると、父は根株をまたいでじれったそうに待っていた。待ちながら木立ちの並び、幹枝の張りだしへ、さぐる眼を向けていた。歩みは必ずしも目的地へまっすぐ向かっているのでもなかった。辰夫に場所を動かないように言いおき、数分消えてしまうこともあった。クマゲラに導かれたポイントを確認しているようだった。父の頬には枝で打ったらしいひっかき傷がつき、血が乾いてこびりついた。

辰夫にすれば、右も左もない苦しい時間がどれほどか過ぎた。やがて父は、大木の一本を指さし、「あれがブナだ。あれにもとまった」と息子に笑みを向けた。大木はたしかに、ほかときわだつ明るい葉をまとっていた。そのときどこかから、金属の跳ねるような音色がかすかに聞こえた。

一瞬、父がびくりと時間をとめたように見えた。そしてにわかに、早足になった。ゆるい勾配の斜面をくだり、同じぐらいの勾配をまたのぼっていくと、前方の木々のあいだが仄白んできた。急に走り出した父の背がたちまち見えなくなり、あわてて辰夫も精いっぱい追いすがった。斜面をのぼりきった縁でふいに、光の炸裂にのみこまれた。息のあえぎも、汗も、そこで断たれた。突然、森が終わっていた。

立ちすくむ父の姿が、羽をむしられた鳥のように寒々しく映った。

「伐っちまったんだ」

つぶやく声ががくがくと震えていた。

前方に禿げ山が、扇がさねに連なっていた。足元から見渡すかぎりせいせいと刈りこまれ、むきだしになった起伏や山の襞、雨の流れ道が、真夏の日に赫々と晒されていた。木はすべて木材に変わりはて、山腹にまだ仮り置きの一群が残っていた。支柱や杭に寄りかけて積まれた丸太の周辺には、飛びはじけた血痕さながらに木屑が散乱していた。人影はどこにもなかった。ただチェーンソーの音が遠く、蟬の声にまじって絶えなかった。

父はリュックからカメラと双眼鏡をとりだし、二つとも首にかけた。切り株と切り株のあいだを、一個一個、年輪に手を当てながら歩き、ブナの森の痕跡をたどった。辰夫は薙ぎ倒された笹の上に腰をおろした。消えてしまった森を想像しようとしても、広がる禿げ山の迫力に圧倒されるばかりだった。

父は積み上げられた丸太の小山に這いのぼり、そこからも未練げに眺望をさぐった。双眼鏡に目を当て、カメラのファインダーをのぞいた。だが、シャッター音が鳴ることはなかった。父の後ろ影が、まだ高い日の下で、膝に肘をつく姿勢をいつまでも崩さず、行き暮れていた。

父がクマゲラを追ったという場所。それが北海道でないとすれば、考えられるのはあの森しかあるまい。道に迷った父がクマゲラに助けられたと信じ、無惨なまでに伐採されていたあの森……。だが、なぜ……。辰夫は父の気持ちになってみる。

父はクマゲラを撮影し、最初に母に見せると指きりまでして約束した。ところがブナの森が失われていて、果たすことはできなかった。数カ月後、海外赴任で鉱山を去り、直後、母は事故死した。おもいがけない死別は、約束を果たせなかった無念とかさなり、せめてあの日撮影できていたらと、未完の意識が父の心に深く刻みこまれた。そんな父にバードウォッチングの趣味ができた。鳥たちを追ううち、あの幻の鳥、クマゲラの存在がふくらんでいったとしても不思議はない。父は時をへての約束の実現をおもいつく。今度こそ撮って母に捧げると、雪辱を計画する。その一羽とめぐりあうために腕をみがき、あの森へ向かった。ブナは伐採されてしまったが、近辺の山奥になお棲息可能な原生林が残るかぎり希望はあると、鳥の影を求めて……。

だが記憶の鳥とめぐりあうことはついになく、父は老いた。力つき、最後にこれまでかと、もう一度あの森へ向かった。約束が果たされるべきだった地で、果たせなかった約束に殉じて、死を迎えるために……?

5

山門の手前、コンクリートで固めた二十段ばかりの階段に、落ち葉が濡れて溜まっている。朝方の雨が郊外は強めに降ったようだ。色づくまで待てずに散った楓やムクノキの葉裏が、薄日の下で白くあえかに息づいていた。

早く着きすぎたが、きょうは客ではないと、ひとつ立場をこなした安心がわく。山門をくぐり、境内へ抜けると、枯山水ふうに植え込みの少ない庭、石の多重塔、苔むした卵塔が、さわやかな光に包まれている。芭蕉の葉から、しずくの玉がこぼれ落ちた。祖父が生前に墓をあがなっての菩提寺である。墓地は本堂の裏手と、そのさらに裏手に竹藪をきりひらいて広がる。竹藪のほうの造成中、たまたま伯父が問い合わせてくれ、母の墓もここに置いた。しかし墓の世話は父にまかせきりだったこともあり、辰夫は母の七回忌と十三回忌のほかは、一昨年の伯父の四十九日に久しぶりに詣でるまで、数えるほども来たことはなかった。

母屋の開け放たれた戸口へ声をかけ、梵妻さんの了解をえて庫裏へ上がった。梵妻さんはすぐにポットをかかえてきて、急須にお湯を注いだ。

「お早くて。でも雨も上がっていいお日和になりました」

時候の挨拶もこういう所ではしっくりひびく。蜩が季節外れにまだ鳴いている。

「いちおう、施主の片棒ですから」

「あ、では、失踪したお父様という方の？」と手は休めずに上目で辰夫の顔をのぞいた。辰夫がうなずくと、「ちょっとお待ちを。いま住職を呼んでまいりますので」そう言ってひきさがった。

ほどなく住職が包みを手に作務衣姿で現われた。ひと月前に春彦と二人で訪ね、今回の法事が変則になる説明をさせてもらっていたが、あらためて姿勢をただして、今日のとどこおりなきを依頼した。

「役所のほうは、済まれましたか？」

「死亡の認定書を出してもらいました」

「そうですか」と、住職は屈託のない笑みを浮かべた。「簡単なものですね。このあと私が読経すれば、つまりは役所の手続きと儀式で、それで一人の死が現実とされる。もっとも、仰々しい葬列で送られる死も、届けを出されるだけの死も、それは残された人たちの事情の反映であって、本人にとってはすべからく、じつは終わっていることなのですね」

「本人にとっては、死以上でも、死以下でもないと？」

「そうです。逆のいいかたをすれば、残した人たちにたいして、死以上でも死以下でもない死を、死ぬ本人が選ぶことはむずかしい。じつはお父様のお話をうかがいましたとき、結果的に、お父様はそういう死を選ばれたのではないか、と私は感じました。自分だけの死を死んだ、と」

「はあ？　父はそういうことを考えるタイプではありませんが」

「ですから、結果的に、です。考えようが考えまいが、死はその瞬間に自分から離れて、他人の手に委ねられるのですから、第三者から見て結果的にどうか、でしか語れません。その場合に、お父様の死は自分だけの死を死んだ、と見えるということです」

「失踪後、残された私が何もせず放っておいたせいもありますね」

「放っておかざるをえない面もあります」

住職はそこで瞬時虚空に目を泳がせ、間をおいて、あらためて話し出した。

「じつはたまたま半年ほど前に高校時代の友人が死にましてね。大手出版社に勤めて定年まであと五、六年といったところでした。別の友人が、十年ぶりぐらいに同窓会を開く計画を立て、彼にも協力を願おうと連絡をとると、引っ越したようで電話が変わっている。それで出版社に問い合わせたんです。すると半年前に胃潰瘍で手術し、術後に癒着の合併症を患ったりしたが、いまは自宅療養中だという。それで教わった電話番号にかけてみると、奥さんが出て、ひと月もすれば会社に出られるとおっしゃる。友人は見舞いのつもりで、お宅を訪ねたんですな。ところが家は晴天の午後だというのに雨戸が閉ざされている。通りかかった隣家の主婦に尋ねると、ずっと入院中で、なんでも癌でもう危ないと聞いている、奥さんも昼間はつきっきりだ、というのでびっくりしてしまったんです。夜に奥さんにあらためて電話をかけて様子を聞くと、奇妙なことに、入院を否定し、自宅で休んでいるという。それなら見舞いにちょっと顔を出させてくれと向けると、部屋がかたずいていないからとかなんとか言って、妙に埒があかない。どうなっているのかと出版社にまた電話をいれたら、上司がでて、そんなことになっているとは知らなかったと絶句したそうですな。上司のほうも奥さんと電話でやりとりを試みたみたいですが、断固として本当のことは言ってくれず、そうしているあいだに、ある晩、向こうから上司の自宅へ電話がきて、前日に死んだ、通夜もいま終わったところだ、夫の指示だったのでこれまでの非礼は許してほしい、明日の告別式には来てやってくださいと、泣き崩れたそうです」

「その方、会社でなにかあったのですね」

「また聞きですがね。赤字でどん底だった部署の部長に引き上げられ、そこで寝るまも惜しんでがんばったことがあった。ただ出版社の企画というのは、寄稿家に依頼して、形になるまで時間がかかるようですね。だから彼は企画の、いわば種をまきつづけた。しかし赤字は増すばかり。だがその間、種は芽をふき、茎をのばす。まったく無関係の部署から回されてきた人と首をすげ替えられたのは、花が咲く直前だったそうです。しかも実質的には降格で、そうなったあとに、企画がつぎつぎと製品化、大当たりのものも出て、部署は黒字にかわり、後任部長は賞賛されて出世する。それを彼はどういうおもいで見ていたか、ということでしょうね」

「サラリーマンの世界では、逃れられなくあるケースです」

「ただ、彼は、恨んだのですね。それを」

「恨んだ?」

「だからこそ、自分だけの死を死のうと考えたのでしょう。会社の人間にはだれにも心配されず、見取られず、送られずに死んでいくことで、屈辱のサラリーマン人生を否定したかったか、実績を無視された抗議の意志を会社の人たちに見せつけたかったか。いずれにしても業の深い、所詮は釈迦の掌中を飛ぶ孫悟空を演じたにすぎません。しかも最後の最後に、言いくるめられていた奥さんが耐えられず、彼の考えどおりにはならなかった」

住職はそこで話にくぎりをつけ、包みから位牌をとりだした。

「いえるのは、自分の死を自分から意味づけることは空であると。人の死を他人が意味づけることは俗の都合であって、それゆえに、それも空であると。ま、そんなことを頭におもい浮かべながら、戒名を付けさせていただきました」

　辰夫は位牌を受け取り、刻まれた戒名をながめた。戒名のつくりかたに形式があるのだろう、父の名、健治からとった健の字を組みこんだ八文字の末尾に、孤鳥居士とあった。

「孤という字は、仏教では悪い言葉ではありません」辰夫が素直にうなずくのをうけて、住職は注釈をくわえた。「私としては一羽の天国の鳥、迦陵頻伽の意味をこめました。でも、一人でいる鳥、一人で生き一人で死んでいく鳥、という意味で十分かもしれません。で、お墓にはなにを？」

　辰夫は持参した風呂敷包みの結びを解いた。駅前の葬儀社でみつくろった骨壺だった。ダンボール箱から出てきた金鉱石、かつて愛用していただろうブラントンコンパスやタガネなどの道具類、見覚えのある旧式のカメラ、アルバムとは別にシートに挟んであったコンドルの写真、そして母の黄楊櫛を一緒に納めた。

「父が大事にしていたとおもえるものを入れました」

　住職は納得の表情で引き取り、左手に位牌、右脇に骨壺をかかえて立ち上がった。ではのちほど、とひとことといい、本堂のほうへ出ていった。

　まもなく春彦の一家が着いた。境内にのこる雨のにおいが戸口から一緒に流れこんだ。やがて集まりだした客のささやきは、法事の待ち時間らしい和やかさを庫裏にかもした。

信州から文哉夫婦も到着する。文哉の妻は老舗旅館の女将の貫禄がめっきりつき、独特のはなやぎで現われた。春彦のめくばせにこたえて、そろって上がり框まで迎えにでる。一緒に暮らした当時は分けへだてなかったが、文哉の顔を立てる習慣がいつとはなく三者のあいだに生まれていた。

「兄さん、ねえさんも、ごくろうさま」と春彦がねぎらいをかける。「母さんがあんなんで。出席して挨拶できないようなら施主を下りると堅くるしいこと言うものだから。兄さんを差し置き、わたしがつとめさせてもらいますが、よろしく頼みます」

「いいんだよ、俺は遠くにいて、準備にも動けない。店を継いでいるのもおまえだ」と文哉はあごを縦にうごかし、「それより母さんはどうだ?」と眉をくもらせた。

「軽い脳梗塞だそうだ。一週間で退院できたし、いまはもう、ふつうと変わらない。きょうは下の娘を用心に置いてきた」

「文哉さん、お久しぶりです」と辰夫も挨拶する。「きょうは便乗させてもらいます。いつまでたってもご好意に甘え、恥ずかしいのですがよろしくお願いします」

「ああ、いいじゃないか」

文哉はいまでは地元になじみ、旅館組合の理事をつとめるまでになっている。文哉の脱ぎ捨てた靴を妻が揃え、それから座敷へ上がってきた。

本堂へうつる直前には、茨城の叔父こと、母の弟を引率して、息子の敏志たちが来た。敏志とは、面識があるだけで交流はない。一つ墓の中とはいえ姉が夫と再会する場面にぜひ立ち会いたい、そう父が言うので、糖尿病で弱ってはいるが連れていくと、案内状の返事に記されていた。結局、十数人が本堂につどった。伽藍に座す親族の姿は、ひそかな人の綾がうっすらあぶり出されたように映った。

法要は、おごそかな袈裟に着替えた住職によって型どおりに進められた。読経と焼香がすむと、全員が陽射しの強まった外へくりだし、ぶらぶらと丘陵の空気をたのしむ風情で、まず伯父の墓へ参った。つづいて竹叢の抜け道を通って、母の墓へ回った。

墓前に人がいて、辰夫が持つ骨壺を受け取り、開けてあった墓穴にそれを納めた。暗い端に寄せられた母の骨壺の、年月を感じさせない白さに息をのんだが、のぞき直す間もなく蓋がかぶせられた。辰夫は手ずから、線香の束に火をつけて供えた。順に手を合わせるなか、茨城の叔父が涙をこぼした。早くに逝った姉の不幸をどのように弟がうけとめてきたのか、弟であればこそ、遠い日の思い出は自分よりたくさん持っていて不思議はないとおもうと、母がそれだけで慰められるようで、辰夫は祈る背中をそっとささえた。

直会は、もより駅近くの料理屋に頼んであった。初めに春彦が施主の立場で挨拶に立ち、辰夫が引き継いだ。父は趣味のバードウォッチングへ行って事故に遭ったとしか考えられない、だがこうして母と同じ墓に落ち着くことができ、母ともども喜んでいるだろうと簡潔に説明して礼を述べ、席に直った。行かせてしまった、その報いだと言った伯父の言葉や父が母にふるった幾度もの暴力を知るもう一人が、けなげな息子役をこなすそつのなさをどこかで笑ってはいたが、これで終わったと、世間の義理をはたした安堵感が何にもまさった。

「叔父貴は外国語が喋れたのだろうな。スペイン語かポルトガル語かは知らんが、チリにあしかけ五年だっけ、いたのだろう？」

と文哉に訊かれたのは、一人一人に酌をして回っていたときだった。

「さあて」と辰夫は言葉につまった。通訳が付いていたと信じていて、それ以上考えたこともなかった。

「ドイツ語が少しできたはずだが」と声を挟んだのは茨城の叔父だった。酒は控えているらしく、ウーロン茶をすすっている。

「ドイツ語、が？」寝耳に水というものだろう。「嘘でしょう？　ドイツのドの字も、父からは聞いたこと、ありませんよ」

「あの鉱山は自前の学校を持っていた」

「知っています」

「開戦前の何年か、数人のドイツ人が技術指導に来ていて、会社に頼まれたのだろう、合間に、その学校で教えていた。健治さんは呑みこみが早いので一目置かれていると評判だった。語学の才能があったのかもしれん。チリへ行ったら行ったで、案外、言葉はすぐに覚えたのではないかな」

辰夫は首をひねった。記憶のどこをさぐっても、外国語に堪能だったとおもい起こさせる記憶の一片も浮かばない。

「健治さんは勉強熱心だったしね。いまでいえばハングリーか？　姉が小学校で教えていたとき、同僚の若い教師が結核で死んだ。文学青年だったとかで、ひとまとめの本が残ったのを、遺族が、思い出すとつらいから、欲しい人はもらってくれという話になった。だが結核で死んだ人の持ち物など、だれも欲しがらない。そしたら、うちと家はそんなに近くなかったのに、噂を聞いて、健治さんが姉を訪ねてきた。自分が読むので、もらえるように口をきいてほしいというのだ。それで姉と私との三人で行って、全集みたいのを担いで帰ってきた。それが姉と健治さんのなれそめでもあった」

夕日に差しこまれる廊下の隅で埃をかぶっていた本棚が、辰夫の前によみがえった。本棚には、古事記や平家物語や徒然草など、古典の現代語訳全集が二十巻ほど並んでいた。赤紫のざらりとした布装の背に金箔で書名を打った函入りの揃いで、発売当時は高価だったにちがいない。ただもともと古い刊行のものだったのだろう、辰夫が手に取ったときには、ほとんどの函がこわれて散逸し、背の糊も剝がれ、ページが落ちるほど傷んでいた。

だが、と辰夫はやはり首をひねる。

父がそのどの一冊でも読んでいる姿に出会ったことはない。また文学の愛好者だったとの記憶もない。若い向上心に噓はなかったろうが、東北の山の中までも連れてこられたそれらの本は、どこかでついえた意気ごみの遺物として、すでに置き忘れられていた。

「戦争中、あそこは艦砲射撃をうけて、みんな逃げまわったものだ」と茨城の叔父はまた、話題をかえた。「終戦になると、朝鮮の労働者の一部がはねあがって急に威張りだした。そのなかに足を失っていた者がいて、義足を作ってくれと言いだした。地元で一度は見つけたのだが、しっくり合わない。それで暴れる始末でな。健治さんが東京へ行ってさがすことになった。健治さんはどこをどう歩いたのか、三つも義足をかかえて帰ってきた。うち一つがぴったりで事はおさまったのだが、感謝もされず、逆に嫌みをあびせられ、つらいおもいをさせられた。そんなこともあった」

この話も初耳だった。茨城の叔父はそれだけ話すと、にわかに疲れがでたとばかり壁にもたれて瞑目した。

「ひとつ質問してもいいですか。うちの先祖はなぜ金鑚《かなさな》神社や南宮《なんぐう》神社の神を祀っていたのですか。その由来みたいなことは、伝わっていないのですか?」

春彦の長男で大学生の遼太が、大人たちの会話のとぎれを待って、遠慮がちに辰夫に顔を向けた。問われた本意がつかめずにいると、

「おれたちのルーツのことだよ」と春彦が相手にするなというように笑みを投げてきた。

「うちはただの百姓だ。兄さん、そう聞いていますよね」

「そうだ。だが、曾祖父まではさかのぼれても、その前はわからん」

「先祖とその、カナサナ神社？　それがどう関係があるのだ」辰夫は聞き返した。

「おじいちゃんが亡くなったあと、遺品の整理をしていたら、ひと包みの木箱が出てきて、中に古い神棚とムカデの旗印が付いた幟が入っていたんです。幟は布の痛みぐあいからみてそうとう古いものです。神棚には埃焼けした黄ばんだ神札が四枚収められていて、一枚は南宮神社のもので、三枚が金鑽神社のものでした。じつは、ムカデもその二つの神社も、古代の金属採掘、精錬、鍛冶にかかわる部族と関係があるといわれています」

「金属を採掘、精錬する部族？」文哉はいぶかしげに、「ほんとうにそんなものが出てきたのか」と春彦に問い返した。

「ほんとうだ。幟は祖父の遺品だろう。畳紙と油紙で大事に包まれていた。神棚は店を引き継いだときに古めかしいと判断してか、親父の趣味でなかったからか、取り払って一緒にしまい、それっきりになったのだろう」

「ほかには考えられんな。だが、ムカデの旗印とは何だ？」

説明を遼太が引き受けた。

「秩父に聖《ひじり》神社というのがあります。この神社は続日本紀に元明天皇和銅元年、武蔵国秩父郡から銅が発見されて朝廷に献じられたと記録されているその採掘場所とされるところのそばにあります」

「秩父の銅が献上された話は学校で習ったことがある」文哉が身をのりだした。

「そこに、雌雄一対の銅製のムカデが御神宝として伝わっています。産出の祝いに天皇より贈られたというのが由来ですが、もともと金属採掘民は、ムカデを鉱脈の象徴として崇めていたと考えられています。古代の金属鉱石の採掘は、たとえば銅なら露頭壁の自然銅を掘り出すのですが、鉱脈は岩壁の中を帯状にのびているのがふつうで、その形がムカデを連想させるからです。ムカデは谷間によく出没し、毒があって畏れられることもあり、金属産出の成功と採掘の守り神とされた、と推測している人もいます。ムカデの旗印については、甲斐武田の金を掘っていた一族の末裔の家に同じような旗が伝えられているそうです。もしかしたら、うちの先祖も甲斐武田のそうした一族の出なのではないですか」

「いや、祖父の本籍は秋田だったと聞いた。甲州ではない」文哉は否定した。

「武田は滅ぼされていますから。そのさい、全国にちりぢりになったとも考えられます」

「なるほど。さすが遼太は日本史を専攻しているだけある」と辰夫は合点がいった。「それで、ムカデの旗印が付いた幟が代々伝えられてきたものだとすると、われわれは古代金属採掘民につらなる血脈ということになる。そう言いたいわけだな」

「だったら、カッコいいじゃないですか。南宮神社というのは美濃国一の宮で祭神はカナヤマヒコ。金鑽神社は埼玉県にある神社ですが、これも本来はカナヤマヒコが祭神だったといわれていて、金属採掘、精錬、金工にかかわる神なんです。神札をもらってきたのが曾おじいちゃんなのか曾曾おじいちゃんなのかはわからないけど、わざわざ金属採掘、精錬の民にまつわる神を奉祀していたことに深い意味を感じます」

うーんと春彦が眉をなでる一方で、興味深そうにうなずく者もいる。

「だが、おまえの曾おじいちゃんも曾曾おじいちゃんも鉱山で働いていた。単に自分の安全祈願のために、祀っていたのかもしれない。それだけで先祖と結びつけるのはちょっとどうかな」と辰夫。

「明治維新で鉱山が続々開かれたとき、先祖から継承した血と技術を発揮すべき場所として、率先して鉱山へ入ったのかもしれません」

「仕事を求めて全国から流れついた百姓の一人だったと考えたほうが自然ではないか」

「先祖が鉱山労働者だったから、また鉱山労働者をやろうなんてことはあるまい」と春彦もしかつめらしい顔をつくる。「旗なんて、誰かに預かったのかもしれない」

「それをいったら、身も蓋もないでしょう。年寄りはこれだから。夢がないよ」

笑いの渦のなかで、遼太はつづけた。「じつは健治おじさんが、なぜいなくなったのか？ちょっと強引だと言われることは承知だけど、古代の金属採掘民の末裔と考えると、解釈がつかなくもないとおもったんです。逆に、その解釈が成り立つなら、僕たちも彼らの末裔だと、血の証明になる」

「ほう、どういうことかね」文哉が聞いてやろうという態度で先をうながす。

「僕は健治おじさんがいなくなったとき、小学生低学年でした。アパートもそう遠くなかったから、よく鳥の写真を見せてもらいに行っていました。アカショウビンとか、カワセミ、ヤマセミの類が好きで。だから僕は、おじさんが死んだなんてぜんぜんおもわなかった。鳥を追ってまだ山の中を歩きつづけている、と信じていたんです。ムカデと古代金属採掘民の関係を知ったのは最近ですが、そのとき、おじいちゃんの遺品と重なってひらめいたというか、もしうちの一族が古代金属採掘民の末裔だったら、おじさんが山の中を歩きつづけている姿というのは、むしろ似合っていると、そんな気がしたんです。おじさんがいなくなったのは、先祖を通しておじさんの遺伝子に刷り込まれていた本能に、揺り動かされたせいではないのか。なぜだかそう自然に頭に浮かんだんです。そう解釈すると、すくなくとも僕は納得できる」

「先祖を通して遺伝子に刷り込まれていた本能？」最近の遺伝子理論ブームぐらいは知っていたが、喉がごくりとうごいた。「どんな？」

「つまり、山から山へ、新たな鉱床を探して歩く本能です。それが、おじさんを捉えた。そのせいで、おじさんは行ってしまい、いなくなった」

「山から山へ、探して歩く本能、ね」

「ええ。もしかすると、おじさんはいまもなお、歩いているのかもしれないんです。山から山へ」

失踪した現実の理由とはとうていいえないにもかかわらず、だれも反論しなかった。健治は死んだ、この日をもって死んだと決めた儀式の場であれば、遼太のような空想があってもよく、またそれゆえに関心もそれから先は発展せず、席はまた別の話題へと移った。

料理屋との約束の時間が過ぎ、法事は終了した。いったんあぶり出された淡い血の紋様をかき消すように、一族はまた、郊外とはいえ賑やかな駅前の人ごみにまぎれ、それぞれの住まいへ散って行った。

6

その日、午後、辰夫は都心へ出て用事を済ませた帰りの地下鉄で車両を乗りちがえ、気がつくまで、会社とは反対方向のかなり先まで運ばれてしまった。あわてて跳び降りたが、降りた駅で乗り換えた路線がまた方向が合わず、これにはすぐに気づいたものの、なにを地下鉄で迷子になっているのかと呆然とした。これでは会社に帰りたくないみたいではないか、出社拒否症でも出たか、と顔がこわばるのがわかった。

ぼんやりしていたのは、十日ほど前に起きた事件をまだ引きずっているせいだった。帰宅したあとの夜のテレビニュースで辰夫はそれを知った。国立市にあるホテルの別々の部屋で、三人が同時に首を吊って自殺したのだという。三人はいずれも取引関係にある中小企業の経営者で、友人同士でもあり、おたがい金銭の貸し借りや手形を融通し合い、助け合う関係にあった。しかしそうした協力関係も長引く不況には勝てず、資金面で窮地に陥り、ついに会社の存続をそれぞれに自らの死亡保険金であがなおうとしたというものだった。

　辰夫が衝撃をうけたのは、そのうちのいちばん規模の大きい会社の経営者とひと月ほど前に会っていたからだった。その会社には二千万円の融資が行なわれていた。小口の融資だった上、担保の抵当権も上位で、利子の滞りもなく、貸付金の繰り上げ返済を求める対象からは外れていた。ただ最近、さらに二千万円の追加融資を求めてきて、部下がいちど断わっていた。ところが再度、なんとしてもお願いできないかと来店したというので、融資の責任者として面会にあたったのだった。辰夫はひたすら頭を下げる相手に、話せる範囲で銀行が置かれている現状をうったえ、こうなるとうちのような大きい銀行は小回りがまったくきかなくなって要望に応えられないのだと、引き取ってくれるように説得した。事実、支店長に裁可をあおいでも却下されるだろう。支店長は不良債権の要注意支店と指名されたことで、むしろ融資の回収に躍起になっている。辰夫もノルマのリストを預けられ、毎日気の重い駆け回りに明け暮れていた。

　翌日の新聞に顔写真が掲載されているのを見てから、辰夫は突然、神経が不安定になった。実直そうな視線をたたえたその目からは、悲壮な覚悟はうかがえなかった。彼は諦めさせようとする辰夫の言葉を遮ることなく、じっと聞いていた。その間の表情がめまぐるしく辰夫の眼前に去来した。本店のスキャンダルは道路公団の賄賂疑惑や証券会社の簿外債務といった周辺の問題へとひろがりを見せ、表面的には収まりつつある一方、部下の脇坂がもたらす情報では、大蔵省に出入りしている企画室の者たちがなにやら調べられているらしく、まだひと波ふた波はある気配だという。しかし、そんなことはどうでもよかった。引っかかるのはこの自分が融資を門前払いした経営者が死んだという事実だった。自分の言葉がきっかけになってはいないかと、何をしゃべったのか記憶をさぐると、誠意をもった応対と断言できる具体的な言葉が浮かんでこないことに愕然とした。よみがえるのは決まりきった慇懃な断わりの言葉だけだった。自分の言葉はいつのまにかマニュアル化していて、それを語ることを誠意と信じきっていた。いきなり自分の正体をあばかれた気がした。自分のせいで死なせてしまったと罪の意識がおそい、無気力にとりつかれた。

ひとたび無気力に落ちると、翌日もその底から這い上がることができなかった。

「課長が落ち込むことないですよ」関係先への訪問に支店を出ると、脇坂が耳元でささやいた。「彼は経営に失敗したんです。苦境をのりきる才覚がなかったんです」

昨日の今日で自分の態度がおかしいと見られていることがそれでわかり、融資を拒んだことを後悔していると受け止められているともわかって、辰夫はびっくりした。仕事は仕事といつものおもいで気をとりなおしたが、見えない雲が緩慢に体のなかにこもり、無性にまばたきが起こった。

夜、春彦に電話をした。

「タッちゃんの気持ちはわかる。でもタッちゃんが自分のせいと考えるのはどうだろうか。反省や後悔ならわかるが、罪悪感というのはある意味、傷つけた相手に失礼なことにならないか」春彦はひととおり話を聞いてから感想を言った。「人間は心が傷ついても、自浄能力、自助努力で回復する力を本来備えているのだよ。他人さまの手をかりずにみずから自分を癒やして強い生命に育つ能力をもっている。生命の尊厳といってもいい。人間にそうした未来志向能力があるにもかかわらず、罪悪感というのは、傷つけた時点にとどまって相手に抱く感覚にほかならないから、相手の治癒を信じていないことと同じなのだ。だから失礼だし、独善でもあり、意味がない。意味がないことは考えない、おもわないことだ」

「しかし、自殺されてしまったのだぞ」

「自殺は人間にとって究極の自由の行使だろう？　だったら尊重してやるしかないのではないか。それを、その究極の行使を、自分のせいだなどとおもうのは傲慢だよ」

「罪悪感は傲慢なのか」

「そうおもう。要らぬお世話だよ。自殺した三人についてはおれも不思議な衝撃をうけた。理由はともあれ運命を共にする同士、死を共にできる友人関係というものに胸が熱くなったし、なにか日本人が亡くしてしまった心の世界を見せつけられたようで、ノスタルジックな幻覚につかまったような気さえした。だがよく考えると、抽象的ないいかたになるが、彼らには会社との通路しかなかった、だから死ぬしかなかったと、そうおもえるのだ」

「通路？」

「ああ、自分と会社、彼らはその間だけを行き来して生きていた。彼らの人生には、ほかにどんな世界もなかった。倒産して会社がなくなると行き場がない。行き場がなくなると困るから、死んで行き場を存続させようとしたわけだが、彼らに何かもっと別の世界との通路があったら、死なずにすんだのではないかとね」

受話器を置いてから、会社との通路、と辰夫はつぶやいてみた。すると連想にひきずられた。前相談役が自殺したのも、結局それしかなかったからではないのか。そして自分にあるのも、それだけだと。会社との通路しかもちえていない自分のつまらなさ、何様でもない自分の存在の現実が見え、とたんに無気力とは別のところで力が抜けた。そのおかげか翌日から辰夫は少しずつ落ち着きをとりもどした。それでもときどき、無気力が首をもたげた。それは仕事の空虚さとは異なる重力で心を疲れさせた。

辰夫は降りた駅の空いている椅子に腰をおろした。何台かの電車をやりすごしているうちに、父の骨壺に入れたコンドルの写真をおもいだした。父はあの写真のどこが気に入り、目標としていたのだろうと、ふとおもった。

その夜、春彦の家に電話をいれると、都合よく遼太がでた。

「あなたにちょっと聞きたいのだが……われわれの先祖のことだ」といきなり切りだすと、受話器のむこうで一瞬、間があいた。「法事のときにきみが披露した、古代の金属採掘民のことだよ」

ああ、はいはい、と遼太は呑みこみ、なんでしょうか、なんでもどうぞ、とすこし緊張した様子が伝わってきた。

「確か、出てきた神棚に入っていたお札の何枚かが埼玉県の神社のものだといっていたが」

「金鑽神社です。武蔵の国二の宮、わりと名高い古社ですよ。神社名のカナサナはカナスナ、つまり砂鉄や砂金の意味から転訛したとみられていて、金属採掘と精錬に由来する部族の神社だった傍証とされています。でも、どうしたんですか」

「行ってみようとおもう」

「ほんとですか」と声が急に嬉しそうにずり上がった。「だったら、僕も行きます。一緒させてください」

遼太はさっそく正確な場所と交通を調べるのでと、意気込んで受話器を置いた。

「なんだい。まさか遼太の話を真にうけたのではあるまいな」と折り返し、春彦から電話がかかってきた。「どういう気だ?」辰夫の様子をさぐるように、声を抑えて訊く。

「気分転換だ。まがりなりおれも鉱山育ち、おれなりに、古代の鉱山労働者ゆかりの地で、古代の民におもいをはせ、ぼんやりしてみるのもいいか、とね。手垢のついた観光地の寺社とか温泉とかに行く気もおきぬし」

「遼太はまるで、先祖の地を探検に行くみたいな口ぶりだ」

「彼には彼のロマンがあるのだから、いいではないか。春さんもどうだい、一緒に行ってみないかね」

「残念ながら、おれにはルーツ探しの趣味はない。まあ変わった所のほうがストレス解放にはいいかもしれない。せいぜい、くつろいで来いや。それより、疲れているなら適当に会社休めよ。あまり、がんばるんじゃない」安堵したように声がほぐれた。

最後に、遼太と代わった。

遼太は、専門書に書かれている内容を簡単に講義した。その神社は埼玉県の児玉郡にあるという。東方四キロに金屋という古い村落を継ぐ地名があって、冶金や鉄の加工にたずさわる集団のかつての居住地と考えられている。金屋の東方五キロには阿那志という土地があり、これは奈良のやはり金属採掘・精錬民と関係があると信じられている穴師坐兵主神社《あなしにますひょうず》のアナシに音が通じる地名だ——。

おおまかに把握できたところで、旅程を打ち合わせた。つぎの日曜日、朝、早めに出発する。私鉄から八高線に乗り換え、児玉駅で下車、そこからはバスだという。遼太は、まだ武蔵野のおもかげをとどめているかもしれない目的地へ早くも気持ちを昂ぶらせているようだった。

八高線は秩父の山塊を遠巻きにめぐり、平坦な農村地帯を結んでいる。簡易な建て付けの無人駅も少なくないが、児玉駅には複数の駅員がつめていた。一帯でも家のたてこむ地域なのだろう。しかし降り立てば、一瞬のざわめきを残して人影はたちまち去り、がらんとした駅前の街路に、土のにおいの風がうごいた。

専門書に載る情報に反して、バスはとっくに廃線になっていた。あるんだよなあこういうの、と遼太はぼやきながらも、でも約六キロですから歩きますか、と持参の地図をながめて切り替えが早い。金屋なる地は途中にあった。金屋とはもともと銅や鉄の精錬のために一回ごとに作る土製のかまどを覆う建屋のことをいい、いまでもたたら製鉄の現場に残っている言葉だと亮太が説明した。が、一帯は稲の刈り取られたあとの田のほかには、保育所や、総合文化会館と案内の出ている白い三角屋根の巨大な建物がめだつばかりで、金属の加工集団をしのばせるものは見当たらない。その代わりに、ゴルフ場の方位を指示する看板が路傍につらなり、地域産業の主役の変遷がかいま見えた。

金鑽神社まで、一時間半ほどかかった。

手水舎で手を清め、ついでにタオルを絞らせてもらって顔と首筋の汗をぬぐう。みごとに黄葉した神木の大イチョウが、かさかさと風に葉を舞わせていた。

木製の長椅子に腰をおろすと、真正面で拝殿をあおぐ体勢になった。先日の遼太の説明によれば、この神社には本殿がない。背後の御室ケ嶽を御神体として本殿に当て、拝殿と神饌殿のみを設けている。拝殿は三間入母屋造り、黒味濃い銅板の屋根、四方の大きな軒を垂木が力強く支えている。もともと蔀戸《しとみど》を上げれば吹き放ちだったはずの内部は、いまは透明ガラスで保護されている。長押には赤と紫の縁垂れがほどこされた短い紋帳が下がる。白地に染め出された、緑色の藤蔓を辺とする菱の中に納まる黄色い三つ巴の神紋が美しかった。

「本来カナヤマヒコだった祭神は、明治以後、アマテラス、スサノオ、ヤマトタケルに変わっているようです」

「金属にかかわる神はだいたいそのカナヤマヒコなのかね」

「いいえ、アメノマヒトツとかほかにもあります」

辰夫は、鉱山の朽ち落ちていたコガネ山の山神社を目に浮かべた。山神社と呼びならわすだけだった祭神をいまとなっては知るすべもない。賽銭を投げ、ふたり並んで拝礼した。ガラス張りの奥に目をこらすと、なにも置かれていない三方をはさみ、紙にくるまれた酒瓶が左右に二本ずつ供えてあった。

境内の横手から、御室ケ嶽の後ろにそびえる御嶽山へのぼる。この山には鉱石の掘り跡と伝承される穴が残っている。見逃せませんよ、と遼太は元気だった。登山道は、樹木に似せたコンクリートの杭と土止めで整備されていた。だが雨が土を流し去ったのだろう、肉が落ちて骨だけが太く剝き出た形になり、梯子をまたがされているようでかえって歩きにくい。母が死んだ鉱山の近道が瞼をかすめた。あそこの土止めは丸太だったと、消滅した故郷の風景が走馬灯のようによぎった。

足元に気をとられつつ登りきると、左右へ道が分かれる小さな尾根へ出た。右は細高い木立ちにはさまれた朽ち葉の積もるうすぐらい踏み分け道で、御嶽山の頂上へ向かっている。左のほうのすぐ先には二十畳ほどの平地がひろがり、あずま屋が一棟とその横に案内板、奥に小さな社が建っていた。手前の崖のきわにヤブツバキが濃い緑を繁らせ、強い雨に叩かれて落ちたか、一面に散る黒い種子が荒々しく見える。突きあたりに、べんけい穴、岩山展望、と書かれた別々の立て札が立っていた。

矢印にしたがい、べんけい穴をのぞき、一度もどって、岩山へ上がった。岩山とは、露出した赤褐色の岩盤だった。踏みきずをにじませているが、いにしえ神座と崇められたおごそかさのまま黙然と空を突き上げている。頂上から周囲が一望できた。目にうつる山腹のほとんどに杉か檜かが植林されている。神域の御室ケ嶽が麓まで紅葉を刺繡している。山の頂きを丸刈りにして造成したゴルフ場が、秩父側の峰に見えた。天の景観を切り取り、不遜に蟠踞しているようだった。遠くには、なだらかな田園風景が地平までも広がり、刈られたあとの田が日を受けて煌煌とかがやいていた。

「奈良の神社と音がかさなっているとかいう場所はどの辺かな」

「阿那志は八高線の向こう側、東へ三キロぐらいの距離の見当です」と遼太は指をさす。颪が髪を逆立てて吹きすぎていく。

「もしそこに住んでいたのが金属採掘、精錬の部族だとしたらすこし遠すぎないか？　ここに鉱山があったとしたら」

「昔からそこだったのかはわかりません。居住の中心地は時代とともに動きますから。それに金属の産出場所が精錬所とはかぎらないのでは。水とか燃料とか精錬には別の条件があるでしょうから」

「アナシとはどういう意味かね」

「単に穴に入る人、穴を掘る人の説、嵐の古語であるとして要するに風の神とする説などありますが、はっきりはしていないようです」

「風の神と金属採掘、精錬とにどんな関係がある?」

「アナには新しい、新たなという意味が含まれていますので、嵐とは新たに生まれた風、作られた風でもあるわけです。それがたたらのフイゴの風に通じる。それで風の神アナシを祀ったということでしょうか。ほかにアナシとは足萎え、足痛をいい、たたら踏みで足を患った金属精錬の先祖神を指すとする説もあります。帰りに寄りましょう」

「さっき通った金屋の村落のように、なんの痕跡もないとおもうがね」

「行ってみなければわかりませんよ。それより、ここ、本当に鉱山だったのかな? べんけい穴は、だれかが雨やどり用に掘ったとしか見えなかった。鉱石を掘った穴の跡のイメージはわいてこない」

「露鉱の掘り跡なんてこんなものかもしれないよ。それに、鉱石が採れたのはこの山でなく、御室ケ嶽のほうかもしれない。禁足地で神体山はあっちだし」

辰夫は秩父の山から押し上げてくる雲のうごきを目で追った。黒ずんだかたまりが増えてきていた。

「遼太は大学に残って研究者を目ざすのかい」

「できるなら、そうしたいなあ。でも、それには大学院行って、博士課程やって、と道のり長いし。そもそも研究というのも才能の領域だし」

「じゃあ、就職か」

「サラリーマンでいいですよ、ぼく」

「サラリーマンもつらいぞ。サラリーマンをまっとうしたければ、まず、上司のことで不満を述べてはいけない。社内のくだらないことに対しては、目をつぶってうまくかわしていかなければならない。会社のなかで正義をふりかざすようなことはしてはならない、ってな」

「なんですか、それ。脅かさないでくださいよ」笑いが空へ砕ける。「ここで弁当にしましょう」

景色を見ながら食べたいと屈託のない遼太を岩山にのこし、ひとり下へ降りた。

あずま屋のコンクリートのテーブルには、スズメバチの死骸がうずくまっていた。土色に縁どられた半透明の羽、くびれた胴、大きく太くみなぎる腹部、黒と黄の目をうばう縞模様が力づよく鮮やかで、触れればすぐにも生き返って飛びそうな気がして、払いのけることがためらわれた。やむなく向かい側のベンチで弁当を開いた。

狭い平地は一面、膝丈ほどのエノコログサでおおわれていた。繊細な獣毛をおもわせる鶯色の茎葉、必死に背伸びした様子の白い花穂が、揃って風に頭を撫でられている。草むらの中央には古い切り株が一つのぞく。切り株の陰にススキが六、七本、白く長い穂をゆらしている。

木立ちが囲う崖のふちには、どれも七、八十センチほど、光背をせおった素朴な石仏が並んでいる。あずま屋の横にかかげられた案内板には、神仏分離で廃れた寺の回峯行場があったなごりと書かれてある。三十体近くの多くが姿の半ばを雑草に沈めていた。

弁当を食べ終わって、辰夫はベンチに横になった。

父は自分だけの死を死んだ、と述べた住職の言葉をおもい出した。ならば、なぜ、自分だけの死でなければならなかったのだろう?

辰夫はいっとき父の失踪を、父が幻の鳥に出会ったあの森とかさねて想像した。父は母との約束を果たすためにそこへ行き、しかし果たせず、ついに力つきたのではないのか。力つき、最後にもう一度あの森へ向かい、約束が果たされるべきだったその地で、みずから死を迎えた、と。

だが、いまは、ありえないとおもい直している。その想像には、自分が父に対してとった態度は棚に上げ、父に父が母にふるった暴力への贖罪、それでもやはり両親には愛があったと、こじつける心理が透けて見えた。夫婦の関係をきれいごとで理解し、その理解を隠れ蓑に、父への息子の不孝を水に流そうとするわが身のずるさがどこか感じられた。もとより、両親のありようを記憶にたどれば、そういう甘い関係は現実とは考えにくい。

そもそも、クマゲラの棲息条件にかなう広大な原生林など、禿げ山と化したあの山塊をどこまで分け入ったところであるはずはないのだった。残るブナ林すべてが伐採されたことは、調べればすぐにわかっただろう。クマゲラが棲息できる原生林は、たとえ当時個体が未確認だったとしても、本州では白神山地をおいてほかにないと、専門の父が推し量れないわけがなかった。当時バードウォッチャーのあいだで、白神で見かけたとの情報ぐらいは少なくとも回っていただろう。とすれば、父が北海道以外でクマゲラを追うとしたら、それはやはり白神だったとおもっていい。父がよほど愚かに、わかっていて妄想を追わないかぎり、あの失われた森と父の失踪とをかさねるのは的はずれというものだろう。

いまは、父が失踪一年前に撮った鳥たちの最後のアルバムと、春彦が森の写真と称したアルバムが想像をあおる。

最後のアルバムでは、父のカメラは鳥たちのいとなみと一体に融け合い、鳥たちはカメラに隠しごとなくおのずから応じて撮らせているように見えた。同じことが、森や水辺、枯野、樹木、岩山などを写した森の写真のアルバムでもいえた。カメラと被写体、いや父と被写体のあいだには、おたがい自由に行き来できる空間があって、写真はその空間から生まれ落ちたもののようにおもえ、ここ二、三日、書斎に持ちこんでつくづくとながめていた。おもい浮かんだのが、春彦の言った通路という言葉だった。そうだ、と辰夫はおもった。父はバードウォッチングに熱中するうちに、その通路を見いだし、なにがしかの境地を得たのではないだろうか。父をその通路へ導いたのは、定年後に足をはこんだ森や野辺や水辺、その行く先々で出会った自然そのものだったろう。人間のちっぽけさをおもい知らされる地上の景観、雄大さと静謐、さまざまな大地のいぶき、生命たちのひたむきさ、それらをじっと見、耳を澄ませ、肌で感じ、待つなかで、通路は開いた。父はその通路を行き来し、満足のいく写真を与えられた。そうして、やがて、父はさとった。満ち足りるためにカメラはいらない、この体ひとつあればよい、この通路を行くだけでよい、と。そして、ただ歩くことを始めた。歩きつづけるその通路の果てにあるものへ向かって……。

辰夫は静かに首をふる。父がなぜ失踪したのか、どこへ向かったのか、謎は謎のままでいいのではあるまいか。もはや詮索はせず、事実だけをそっと受け止める。それが父への、とるべき礼儀かもしれない。

いつのまにか、淡くまどろんでいた。なにかつぎつぎに情景が夢にかすめたようだったが、目覚めたときにはなにひとつ思い出せなかった。

上体をおこすと、山は深く翳っている。厚く低くせり出した黒い雲に、風もざらりと荒れて顔を打つ。枝のきしり。絶えざる草の波。石仏たちのざわめきが聞こえた気がした。

そのときだった。

行き止まりのはずの、べんけい穴側の藪道から老人の影が一つ現われ出た。しわにうもれた眼光に血をからませ、太い蔦杖を手に、一目散に目の前を横切っていく。ただひたすら、わき目もふらず、またたくまに山頂への細道をわけ入っていく。ざくざくと木の葉をくだく足音が、辰夫の耳の中で、果ての果てまでも遠ざかっていった。

辰夫はわれに返って、肩で息をついた。

雲のうごめきの合間から、陽射しが落ちてきた。ススキの穂が、光に透けてかがやいた。ああ、と声がわく。光の草だ……。一瞬、血潮が澄み、澄みわたって、快く全身に満ちあふれる。ベンチを離れ、草床に伏して山に頬ずりする。山は水が地の底から染みだすかとおもえるぐらい冷たく、野焼きのあとの芽生えの草のように香ばしかった。


参考文献／読売新聞社会部『会長はなぜ自殺したか——金融腐敗＝呪縛の検証』一九九八年新潮社刊

風と流木

1

バスを降り、風のやわらぎにまだ濃い湿りをおぼえて四方の空を見上げた。葛城の峰はすぐにもくずれ落ちそうな重い雲に塞がれている。

少し歩を早めて、めざす一言主《ひとことぬし》神社の最初の鳥居をくぐり、ゆるい勾配の参道をすすむ。コンバインの低いうなりとともに、赤い色が小波のように静かに打ち寄せてくる。農家の人たちが稲刈りにはげむ田の土手や畦道一面に、ヒガンバナが頭花をぶつけあって咲き群れている。曲がった杖をささえに土手にもたれて田の中の作業をながめる野良着姿の老女が一人、名所の花を観賞に訪れたのだろう十人ほどが参道の肩にまばらに立ち、カメラマンの一人は花のあいだに踏み入って撮影はもう終えたのかただぼんやりたたずんで、絵に溶けこんでいる。

足をとめ飽かずに見ていると、着信音が鳴った。隣に立っていた男性が、興をそぐと非難する目で雅則をちらりと見る。二、三歩さがって背を向け、リュックのポケットから携帯電話を引き出した。画面に竹内部長の名前が浮かぶ。会社を辞めて四カ月がたつ。定年まで三年を残していた。何の用かとわずらわしさを覚えたが、引き継いだ仕事でわからない点があったのかもしれないと耳に当てると、いま何している、と急く声で語りかけてきた。

「いまは奈良に来ていますが」と雅則は上司にたいするならいの口調で応えた。

奈良？　自宅にいるとおもいこんでいたのか一瞬間があき、特約店会の準備資料のことだが、とそれでもこちらの都合は斟酌せずに用件を切りだした。受けた質問は事務の細部についてだった。退職前、事業部の主要事務は雅則が一手に管理していたため、季節のイベントの手順などで問い合わせがまだ止まない。

雅則がいた家電メーカーは、デジタル部門で遅れをとり、加えて昨年、台風による水害で主要工場が水没し、大きな被害をうけて経営が行き詰まった。辞める半年前、突然トップ人事があり、創業家出身の前会長が元ニュースキャスターだった女性を代表取締役兼ＣＥＯに抜擢して、世間を驚かせた。前会長が自分の息子を継がせるためのカモフラージュという見方がマスコミの受け止めで、経済理論や経営論の知識は持ち合わせるかもしれないが、現場の未経験者になにができるのかと、社員も首をひねらざるをえなかった。

辞表はその時点で出すべきだったといまさらに雅則には後悔がある。この数年、定年までは居のこらず、どこかで自分ひとりになろうと心を固めていた。しかしサラリーマンの惰性で日々通勤をかさねるうちに機を失い、最後の最後にいやな仕事にかかわる羽目を招いた。

会社は銀行の支援で従来強みをもつ事業に集中をはかる、と戦略を見直し、余剰人員の整理を打ち出してきた。雅則の事業部にも人数が割り当てられ、そのノルマの実行役を託されてしまったのだ。次長という職制に逃げ場はなかった。当然ながら肩を叩かれただれもが、なぜ自分なのかと抗弁してすぐには服さなかった。気のふさぎにさいなまれつつやりとげはしたが、一人には「森下さんは冷たい人ですね」と目をそむけられた。恨まれて当然だった。一人には「どうせこんな会社にいたら人間が腐りますから」とついには席を蹴られた。唇をかんで背中を見送ることしかできなかった。

雅則の辞表を前に竹内部長は、まさか罪ほろぼしのつもりではないだろうな、と一瞬眉をはねあげた。そんな善人面をするぐらいなら会社に残りますよ、と笑ってはぐらかした。しかし以前からの心決めだった退職が、罪悪感にまみれた感はぬぐえなかった。

「こんどは世界本社なる中枢機能を構えると言い出したよ」竹内部長は、用件がすむと社内情報を一つ漏らした。

「世界本社？　どういうことです。言い出したとは、あのＣＥＯがですか」ともう関係ないはずの会社なのについ聞き返していた。

「グローバルブランド戦略とみずから名付けた事業計画の顔として必要なんだとさ。丸の内の新築高層オフィスビルに的を絞って、前会長もオーケーを出したらしい」

「グローバルブランド戦略って、そんな段階ですかね。わけがわかりませんね」と雅則は話を合わせた。

現場が人員削減に協力し、犠牲の血も乾かぬというのに、耳学問のイメージ戦略に資金を垂れ流す。そんな話が伝われば、しぶしぶ辞めた者たちはきっと情けない気持ちになるだろう。三十年以上勤めた会社だが、いまはできるだけ遠く距離をおきたかった。早く自分自身を取りもどして、会社勤めで抑圧してきた心の本来のすみかに落ち着きたかった。

切った受話器をリュックのポケットにしまうのと時をあわせて、霰じみた水滴がぱらぱらと落ちてきた。峰の雲陣からなだれ落ちた黒い一群が近づいてくる。雅則は傘を開き、お参りをすませようと社殿へ向かった。朱文字を染めた指物がはためく階段を登りきり境内に出ると、視線の左手に、全体を睥睨する枝ぶりでイチョウの巨木が緑をたたえていた。立て札によれば樹齢千二百年の御神木で、何本もの枝の手が空を押し上げている。木自体が一本の大きな幣束でもあるかのようだった。幹の二メートルほどから上のほうには白い気根が多数垂れ、雨水がしみだすのか先端にしずくを結んでいる。社殿は平凡な瓦屋根の建物で、記紀に逸話をのこす古社にしては質素だった。雅則は神妙に二礼二拍手一礼した。

二十年前、離婚して二人の子供たちとも別れてほどなく、家族がぬけた時間の空きをハイキングに向けた。鉄道が募集するグループハイキングに参加し、こつをつかんでからは自由な一人歩きに鞍替えした。山や里山、海岸、知らない町へ、途中の寺や神社を中継地に、いつも一日六時間ほどのコースを組んだ。年に二、三回は出かけたが、勤めがら東京本部へ転勤してからは関西など遠出の計画は立てにくく、会社を辞めてようやく自由になった。寺や神社に着けば型どおりに祈った。初めのころは、子供たちの無事と健康、二人が幸せでいてくれることだけを願った。余計なことを願えば、離別したとき六歳だった洋子、五歳だった弟の一志に不都合がふりかかる気がした。

雨粒が大きさを増し、葉をたたく音が境内をつつむようにぱたぱたと撥ね、草いきれのまじった水の匂いがしみ出てくる。木の周りや社務所の前で談笑していたグループが、走って同じ方角へ姿を消す。どこか逃げ込める場所があるのかもしれなかった。雅則は唐破風屋根の向拝の下に雨宿りした。垂れる雨垂れがみぞにしぶくのを避けながら、イチョウの木を見上げていた。千二百年の時間を身の内、外にまとう不動の巨木は、天からの水をさながらじかに吸い取っているようだった。二十分ばかりが過ぎて、強い雨足は急激に勢いをなくした。空も精を使い果たしたかに、にわかに明るさを帯び、通り過ぎた雲の後ろに弱い青空ものぞいた。雅則はこれなら決めていたコースをこなせるだろうと、当初の行程をおもいえがいた。山麓に沿って南へ、高鴨神社、風の森神社まで行き、バスで近鉄御所駅へ帰る、それがこの日の予定だった。

参道に逆もどりすると、先刻飽かずに見た風景は、人のすべてを消し去ってまた別の一枚の絵に変わっていた。ヒガンバナはかすかに靄立つ底で、刈り残された稲穂を抱くように緋の帯を伏せている。雅則は開花があでやかに揃った土手へ歩を向けた。細長い茎の元を薙がないように注意し、花の中にはいった。花群らは赤い波光を織ってさらさらと足元を洗った。反り返った花弁を風がはじき、露がズボンを飴色に染める。ひんやりとしみ込んできた水気に、雅則はすこし慌てた。

体の向きを変えようとして、畦道の縁に咲く、海の色を映した青さの可憐な花に目をとめた。後ろ向きの抜き足で花から出る。屈むと、ツユクサだった。青い色はヒガンバナの根元にも多数またたいていた。紅い絢爛の花陰にひっそりと隠れ咲くもう一つの花は、地上を夜空に、水の精の清らかさで、星の粉となって散っていた。

ふいに十年前の神戸・淡路の大地震で死んだ一志のことをおもい浮かべた。

小さいころ、洋子と二人でおもちゃのマイクをとりあい、サザンオールスターズのレコードに合わせて歌う真似をし、CCBのリズムに乗ってソファーでとび跳ねていた。公園の小さな滑り台で何度やってもあきず、上へ抱き上げてほしいと、もう一回、もう一回と、父親にせがんだ。母親に洋子とおつかいに行かされ、車の多い狭い道で手を引かれて帰ってくるのに出会ったこともあった。自転車の前に一志、後ろに洋子を乗せようとして失敗し、倒れた自転車の下敷きになった洋子を小さい手で助け起こそうとした。夫婦喧嘩が高じて手の上げ合いになったとき、洋子に連れ出されたベランダでガラス戸越しに爪先立ちで中をうかがっていた。喧嘩がおさまるとこっそりやってきて雅則の膝を叩き、お母さんをペンしちゃだめ、と諌めて走り去った。

二十年前の小さいままでしかない姉と弟の姿が瞼にうごめき、おもえば一志はいつも洋子と一緒だったと、ツユクサのまたたきに遠い日がかさなって見えた。

雅則は立ち上がってあたりを見まわし、首を横にふった。ヒガンバナが炎に変じて、一面に燃え上がっていた。テレビが何度も映像で流した、神戸の夜空を焦がす十年前の猛火がそこにあった。幻の火はたちまち雅則の胸に燃え移る。離婚しなければ一志が地震に遭う運命は避けられたと、自分をのろうおもいがまた渦を巻いた。

2

奈良から帰って数日後、石川から写真選びを手伝ってほしいので来てほしいと電話がかかってきた。また写真展を開くのだろう、作品の選別で意見を聞きたいのだろうと、散歩をかねてアパートを出た。石川は雅則より六つほど年下で、親の遺産で生きている結構な身分の男だった。石川の家まで、家々の玄関先を飾る花鉢の花を眺めながらのんびり行く途中に、新たな更地ができていた。

離婚当時、雅則はまだ本社勤務で大阪に住んでいた。別れる妻たちが引きつづき住む賃貸住宅を出てからは、南港通りに面するマンションの1LDKで暮らした。東京本部への転勤にともない、池袋に近い千川という町のアパートに引っ越したのは十一年前のことになる。

アパートのある地下鉄駅の北側一帯は、知られざる閑静な住宅地といった趣だった。いつの時代に区画されたものか、まっすぐで幅を十分にとった道に沿って、豪邸とはいえないにしろ大きな一軒家が何軒もつらなっていた。一軒一軒の敷地が広く、太い幹に「保護樹木」と区指定の板札が巻かれた木もまじる豊かな庭木の家も数多く見られた。だがこの数年、近辺で一軒の家がつぶされると、跡地に三、四軒の住宅が密着して建て売られるのを目にするようになった。二年前には雅則も何度か汗を流しに行き、コインランドリーも重宝した風呂屋が閉められ、玄関の向きもばらばらな安っぽい住宅が六軒造られた。どの建売住宅も決まって一階が車庫の三階建てで、あんがいに売れ残ることもなく、これも決まって小さい子供のいる若い夫婦が入居した。

「この分譲地の最初の住民はすでに第二世代、第三世代を迎えていて、広い敷地の家並を温存していくのは至難です。次世代が二所帯住宅などにして土地を継承するなり、そっくり買い取って住んでくれる個人がいればいいですが、なまじ都心に近くて地価が高いですからね。子供が独立したり結婚で家を出たりすれば、第一世代の死後は、その終の住処もこうして処分されるしかないんです」

古い住民の一人である石川は、建売屋の虫食いはもっと進み、この家並ののどかさもやがて失われるでしょうと残念そうに肩をすくめる。

石川との出会いは、引っ越して半年ほど経った冬の初めだった。雅則は風邪引き体質で、年に一度は病院の世話になる。そのときも熱が出て、会社はなんとか一日勤め、帰宅してすぐに近くで病院をさがした。しかし六時半を過ぎ、暗いせいもあって病院の看板がなかなか目に止まらない。道を右へ左へと十五分も歩いてたまたま行き着いたのが石川医院だった。

扉を押して中に入ると、玄関に一足の履物もない。待合室の明かりも弱弱しく、もしかしてやっていないのではと失望にとらわれたが、とりあえず受付と書かれた小窓を開けてお願いしますと叫んでみた。すると、はい、と野太い声が返り、熱で敏感になった雅則の耳と神経は熊のような大きな生き物がとびかかってくるようにも感じて、おもわずあとじさった。小窓に髭づらの男の顔がのぞいたとき、さらにもう一歩あとじさっていた。保険証を差しだし、住所などを筆記させられているあいだは、その髭づらが医者とばかり信じていた。ところが診察室に招き込まれると、七十歳は過ぎているだろう別の大柄な老人が、新しいカルテを前にもっさりと待っていた。受付の小部屋には、髭づらが手もち無沙汰げにこちらを瞥見しつつ、小さな椅子に腰かけていた。大柄な体型と顔の輪郭、動作の緩慢さからも二人が親子と一目でわかったが、こんな大男が二人も控えていたら、小さい子供はそれだけで泣くだろう、若い母親は敬遠するにちがいないと、他人事ながら心配になった。

実際、その後も何度か扉をくぐるたび、すぐ診てもらえるので雅則には都合がいいが、他の来院者とかちあうことは一度もなかった。看護婦の姿を見ることもなかった。石川が語ったところでは、石川の父親はこの分譲地ができたのに合わせて内科、小児科の医院を開業した。石川医院は街のいとなみとともに歩んで住人の健康にかかわり、子供たちの成長を見てきたが、その子供たちが自立してつぎつぎに自分の世界へ巣立っていったころからは外来は高齢者ばかりになり、いつしか老いた顔見知り患者の往診中心の医療をこつこつとこなしていたのだという。四年前、その父親が亡くなり、医院は閉院となった。

「親父はわたしが医者になって医院を継ぐことを願っていました。自分でも、医者の息子だから医者になるものとおもいこんでいたんです。だがもともと頭が悪いのはどうしようもない。何年も大学受験に失敗し、金のかかる最低の医学部に入ったことは入ったんです。でも、結局ついていけなくて、いい年まで留年をくりかえし、医者免許の試験を受けるまでもなく、退学しました。退学後は簿記の専門学校に行って、こっちは簿記一級を取得して、でも年が年なのでなかなか就職口が見つからず、ぶらぶらしていたら、医学の知識がふつうの人よりはあることだしと、親父の仕事の事務と経理を手伝うことになったんです。実際、親父の気持ちを考えると、ほんとうに申し訳ない。親父は学会や同窓会などで、医者仲間に自分の息子が医者になったとか開業医を継いだとかの話をよく聞かされたにちがいないんです。比べて不肖の息子は……って。想像するといたたまれない」

石川は数年前の夏の日、駅前の焼鳥屋で父親への負い目をそう口にした。そのときの行き暮れるような目は、慰めればかえって傷つけるかとおもえ、黙って聞き流すしかなかった。

石川医院が閉まって半年が経ったある日、区広報の文化欄に、「巨樹探訪写真展」なる区民施設での催し案内があった。雅則もハイキングの途上、突然巨樹が立ちはだかり、風雪をのりこえて蓄えた命のかさの居ずまいになぜか胸がいっぱいになり、飽きず見上げることがある。巨樹が人に訴えかけるものは何なのかと興味を持ち、出かけて行ったのだが、その会場に、だれと見あやまりようもない髭づら男が、一人ぼんやり長椅子に体を沈めていた。閉院後は、コンビニの袋をぶら下げサンダル履きでのそりと歩いていたり、通りすぎるランドクルーザーの運転席に見かけたりしていた。石川のほうも何度か来院した外来患者の顔を憶えていて、どちらからともなく頭を下げた。

入口に記帳のための机があり、撮影者の紹介文があるほかは、壁に写真パネルを並べただけの展示だった。それぞれに撮影場所と巨木の名称、名称のないものは樹種名が添えられてある。写真自体はすごく印象的とまではいえなかった。ただ正面の壁の余白に掲げられた「木は風である。風が木を揺らすのではない、木が風を起こすのである」の文言が目をひいた。その文言と写真をかさね見ると、どこかうなずける気がしないでもない。巨木のマニアがよく語るような神秘性や生命力、神話や民俗、エコロジーなどの視点と一線を画し、木はただ木として見るべきだと主張しているのだろう。そうおもうと、茫洋とした見かけと異なり、意外に素直な感性の持ち主でもあろうかと、先入観を改める必要をおぼえた。

「こういうことをなさっていたのですね」と一巡してから声をかけた。石川は「いやあ」と照れ笑いして、頭へ手をやった。木は風の化身なのですね、と撮影趣旨に沿えるように感想を述べるとまた頭に手をかけ、「ずいぶん前に丹波までドライブしたときに、強い風で山が大きく揺れていたんです。そのときに、木と風が同一のものに見えた。そうだったんだと納得できて、それで、木を撮ろう、風を撮ろうと思いついたんです」と発想を種明かしした。そのときの応対がきっかけで、電話で四方山話をしたり、休日に近隣のコーヒー店で話をするようになった。

一階の半分が医院、残りの半分と二階が居住空間だった石川の家は、看板を下ろしたいま、押し開きの玄関だけがおもかげをとどめる。患者や業者の駐車用に空けられていた前庭を石川のランドクルーザーが遠慮なくひとり占めしている。

石川がコーヒーを淹れてくれるあいだ、雅則は一言主神社に立っていた御神木の話をした。黄葉にはまだ早かったと残念がると、そういうイチョウなら葉を全部落としたあともいいでしょうね、撮りに行こうかな、つぎの巨樹探訪展は冬の落葉樹だけで構成しようと考えているので、と石川は手を休めずに言い、まもなくよい香りが大きな図体とともに近づいてきた。

「ただ、落葉樹であっても巨樹は冬に葉を残している場合があるので、完全な裸木になっているかどうかは、行ってみなければわかりませんがね」

「巨樹は、冬場に強いってこと？」

「いえいえ逆です。木が葉を落とすには葉と枝のあいだに水と養分の遮断膜を作って枯らす必要があるんです。でも巨樹というのは、実体はすべからく超のつく老木ですから、葉の全部にその膜を作るだけの元気がない。それでふつう他の木より葉を落としきるのが遅くなるし、落としきれないこともままあるわけです。落としきらないと、降った雪がその葉にも積もって、重みで枝が折れてしまうことにもなりかねませんから、木としてはリスクを負うことになります」

「落葉樹だけというけど、巨木に多いスギとかヒノキを外すと、どんな木があるのかな。クスノキも常緑樹でしょう」

「いろいろありますよ。ケヤキ、ムクノキ、ミズナラ、サクラ、イチョウはもちろん、カツラの巨木もあります。葉が落ちていればふだん葉に隠れている部分も露出するし、冬、巨大な樹木がどのような姿でいるのか、並べれば面白いかとイメージしてるんです。もっとも、思いついたばかりです。手元の写真では冬場の木は多くないので、今年の冬、精力的に撮りに動こうともくろんでいます」

「なんだ、さっき電話で、写真選びを手伝ってほしいと言っていたけれど、作品が全部そろっているわけではないんだ?」

「え」と石川はまばたきをし、なぜか照れくさそうな笑みを浮かべた。「ああ、ちがうんです。選んでほしいというのは別のことです」

こちらの早飲み込みだったことはわかったが、石川がつづけて言った言葉の意味を雅則は初め理解できなかった。

「いままで展示したなかからパネルを一枚選んで、母の元へ持って行きたいんです。姉から電話が来て、急に会うことになって。でも母と会うのは初めてだし、病気で入院中だというし、写真によっては不適当なものもあるだろうとおもって、それで」

個人的な境遇についてはこれまでおたがい、尋ねることも自分から話すこともしなかった。ただ漠然と、石川は父親との二人暮らし、女っ気の感じられない病院だったことからも、母親は亡くなっていると推測していた。そこへ、姉からの電話、入院中という母親、しかも初めて会うと聞かされ、どういうつながりかと面食らわないほうが無理だろう。親父や姉から聞かされていたことなのですが、と石川は改めて整理してくれたが、聞いたあとは、一家には見かけでは判断できない微妙な過去がひそむものだと、虚をつかれた心地がした。

石川には六歳上の姉がいた。とっくに結婚していて、すでに二人の子供も成人したという。石川の家では、石川が二歳のときに両親が離婚していた。母親は嫁いできた当時、医療に貢献できるとみずから望んで事務を手伝っていた。しかし体があまり丈夫ではなかった弱点がその純粋な意欲をくじいた。風邪が流行り患者が押しかけると決まってすぐにうつり、近所でジフテリア患者が発生したときにもあっけなく罹患した。伝染性の病気に感染しやすいことが自明になると、インフルエンザの流行する冬場に診察室に出入りすることはむずかしかった。結局主婦をもっぱらとするしかなくなり、夫が看護婦たちと忙しく立ちはたらくそばで、職住一体の建物の壁を隔てて閉じこもるような日常が、しだいに孤立感と無力感、医者の妻としての挫折感をつのらせていった。居住用の住居を別に借り、ここを通いの病院にできないかと夫に遠慮がちに申し入れたが、子供の多いこの住宅地で休日や深夜の急患に対応するにはいまの形態でやるのがいちばんいいと、受け入れてはもらえなかった。昔気質の夫の使命感、責任感の強さに屈したかたちの母親はその結果、夫との乖離を深めてノイローゼにおちいり、精神を不安定にした。そして何度か実家へ転地療養をかねて帰ることを繰り返した末に、それっきりもどらなかった。離婚は話し合いで詰められ、父親が親権を持つことで合意した。その後は通いのお手伝いさんが家事と子育てを受け持ったが、姉が中学、高校と大きくなるにつれて率先してきりもりし、いつのまにかお手伝いさんは来なくなった。

「姉はすごくしっかりしていて、わたしが小さいときから、病院を継ぐのはおまえなのだからしっかり勉強するように、とずいぶん発破をかけられたものです。それをうるさいとおもったことはなかったですけどね。大学時代の先輩だった商社マンと結婚して、しばらく外国暮らしがつづいていました。帰国したら、わたしが医者になるのをあきらめて親父の仕事の事務処理係になっていたので呆れられましたが、かといって責めもしませんでした。親父が死んだときは財産放棄してくれて、今後の暮らし方をみっちり言い含められましたよ。働かずに、死ぬまで、親が残した財産をいかに上手に食いつぶしていくか、その計画ですね。

情けないけど、それしかないわけですから」

　母親は離婚後、サラリーマンと再婚して子供を二人産んだ。その二人もいまは四十歳台になっている。その者たちから姉に手紙が送られてきた。姉は、離別後も母親とずっと年賀状を交換していて、それを再婚相手も承知だったという。その再婚相手は四年前にガンで死んだが、死ぬ前に母親との再婚にいたる事情を子供たちに詳しく話し、父親は違うがおまえたちがきょうだいとして会いたくなったら、母親に連絡先を教えてもらったらよいと言い残した。ところが夫の死を看取った疲労からか、直後に母親が脳梗塞にみまわれた。回復はしたもののそれを境ににわかにボケが生じた。二年前には転んで大腿骨を骨折、寝たきりの入院生活を余儀なくして、いっきょにボケが進んだ。褥瘡も出てやせ細ったこの夏には肺炎にかかり、大事にはいたらなかったものの、衰弱が顕著になった。二人の子供は、してやれることはすべてしてやろうと相談し、いまは自分たちの顔さえ認識できないほどで、会っても何もわからないかもしれないが、前夫の子供たち、母親にとってはまぎれもないわが子に会わせてあげたいと考え、母親へ届いていた年賀状から石川の姉の住所を調べ出した。姉は折り返し電話を入れ、病院を訪ねる日時を決めて、弟の石川に伝えてきた。

「再婚なさった方にしろ、向こうの子供さんにしろ、先方はいい人たちのようですね」

　雅則はことの経緯を聞いて、なかなかそうはいかないだろうと感心した。

「母親に初めて会うより、その父親違いの人、きょうだいと言っていいのですか、その人たちにどのような顔で挨拶すべきか、そっちのほうが悩みです」と石川は不安げに首をひねった。

五十歳を過ぎたこの日まで母親の不在をどう心にとめてきたのか。記憶にない母親との五十年ぶりの再会をどう受け止めているのか。石川への疑問を呼び覚まされたが、訊くのはさすがに立ち入る気がした。しかし自作写真のパネルを持参しようと考え、それを雅則に選ばせようとする心のうごきに、石川の興奮と不安が垣間見えた。写真ならいちばんの自信作を選べばよかろうとおもったが、石川にはなにか儀式めいたステップが必要かもしれないと汲んで、しばらくの時間、何枚ものパネルを並べて検討した。印象が寂しすぎる樹木や、逆に生命力を吸い取りそうに凄愴たる樹形の写真は病室で厭われる可能性がある、異形のものも外したほうが無難、などと言い合って、最後に鎌倉は建長寺の仏殿の手前に植えられているビャクシンを撮った一枚に決めた。樹齢七百五十年、どっしりと落ち着きに満ちた風姿の古木で、写真はその生命力をよくとらえていた。

頼まれた役まわりをこなして辞去したとき、髭づらからはみ出すような笑みを浮かべる石川を見て、社会人の経験がない人にはどこか大人の子供といった幼さがあるとふとおもい、社会人の経験をすればだれもが大人のふるまいを身につけるわけではないが、とも玄関を出ておもった。

聞かされた石川家の成り立ちは、ぬるりとした飛沫を雅則に浴びせた。石川家を自分に当てはめ、これから二十年、三十年後に病床へ伏す自分を子供たちが見舞ってくれる場面をおもい描き、なにを無意味な想像を……、一志は神戸・淡路の地震で死んでしまったではないか、と呆れて笑いを含み、溜息をついた。離婚したあとに子供たちと会うことは一度もなかった。別れた妻は子供たちとの接触をかたくなに拒み、住まいもいつしか転じていた。三年目のクリスマスに元妻宛てで贈った子供たちへのプレゼントが転居先不明の荷札を貼られて送り返されてきた。デパートを歩きまわり、みつくろった可愛い刺繍の入ったジーパンとミッキーマウスの腕時計が二人分、いまも箱に納まって押入れの暗い隅に埋もれている。

そもそも離別したのちの子供たちを自分はどれだけ気にかけてきただろう、そう考えるとたじろぎさえ覚える。離別したばかりの時期は、救急車がサイレンを鳴らして通り抜けると、運ばれているのは子供たちではないだろうかと不安にかられ、繁華街を歩いて幼い子供の二人連れが手をつないでいたりすると、わけもなく涙が噴きこぼれたものだった。

しかし二年、三年と経つうちには仕事にとりまぎれ、同じでないどこか空の下で暮らす子供たちの存在は日常から薄れていった。ときどき思い出してどうしているかとしんみりはしても、仕方のないことと深くはおもい巡らさなくなり、あとはハイキングの際に寺社で健康と無事を神妙に祈るぐらいだった。一瞬たりとも忘れたことはない、とよく聞く言葉は非現実なこと、ありえないといつのまにか納得していた。時が過ぎ、子供たちはもう中学生、高校生だと気づくと、人間としてはすでに一人前、自分が心配するまでもない、何をしてやれるでもない者が心配するのはかえって失礼だ、と考えもした。父親がいなくて性格がねじれたらそれは本人の責任であって、他人に迷惑をかけず正しい心で生きてほしいと、突き放す気持ちにもなった。子供たちはもはや自分のものではない、そう心に決め、ときどきおもい浮かべる思い出の写真ていどに遠ざけていた。

一志の死がもたらされたのはそんなときだった。十年前の八月、大阪本社から差出人は不明だがと、東京本部へ転勤していた雅則のもとへ手紙が転送されてきた。開封するとおもいもよらず、高校二年生になった洋子からで、それに一志の死が書かれてあった。何かの手がかりで父親の名前と勤め先を知ったものとおもえた。

洋子からの手紙を読み終えたあとは、さすがに記憶がないほど自分を見失った。闇のなかをもがくような日々をまぬがれることはできなかった。信じたくない気持ちから、これは夢だと必死に自分に言い聞かせた。取引先との打ち合わせ中にコーヒーカップの耳を持つと指がふるえてこぼしてしまい、相手に不審の目を向けられるようなことがたびたび起きた。離婚さえしなければ一志がこんな運命に遭うことはなかったと、自分をのろうおもいがしき波のように押し寄せ、打ちのめした。しかし自失の状態は二、三カ月後には収まっていた。ちょうど働き盛りで、つぎからつぎへと託される仕事が悲しみをはじきとばした。そしていつしかまた、一志の死も客観的な事実として遠目にながめ置くようになっていた。ある意味、会社は何でも忘れさせてくれる存在だった。ただ、自分をのろう気持ちだけが、薄れた悲嘆の代償のようにこごり、ときどき一気に滾りたった。

　しかし五十五歳にせまったころ、その滾りは自分の心への向き合いでしかなく、一志の死への心寄せではない、とどのつまりは自分のことしか考えてこなかったと、見知らぬ花の蕾が突然目の前でほころんだようにおもい当たった。かまけていた仕事が、現場の戦闘員から事務に徹する立場に変わり、内省する余裕が生まれていた。なぜ神戸に行かない？　なぜ一志が死んだ神戸に行ってみようとしない？　なぜ父親としてわが子の最期の地に立ち、その無念をじかに受け止めようとしないのか？

　……逃げてきた、と唐突に自分の正体がゆらぎ立った。自分をのろうおもいから逃げようとして、一志の無念に触れることから逃げてきた。仕事が忙しくて時間がないといつも心でささやいていた。そのささやきに自分を了解させていた。欺瞞だった。会社を辞めてひとりになり、落ち着いたら神戸に行こうと考えはじめたのは、それからだった。しかしほんとうに辞めるまで、さらに年月を遊ばせてしまった。この二十年、ただ優柔不断に自分が生きるのに精一杯で、結局、子供のことを真剣に気にかけることはしてこなかったのだ。

　だが一方で、心の底で振れるものをぬぐえない。こうして会社を辞めたいま、神戸へ行くことにかえってためらいを覚える。いまさらわざわざ神戸へ行くのは、一志の死を会社の仕事のせいにして行かなかった欺瞞の裏返しではないのか？　行ったら行ったで、その行為にかこつけ、また別の欺瞞をもちこむのではないのか？　定まらない何かが決断をためらわせて、なかなか足が動かないでいる。

空ろにおもい乱れるうちに、いつのまにかアパートに着き、われに返った。中で電話が鳴っていた。鍵を開けるあいだに留守番電話に切り替わり、聞きなじみの声が吹き込みの途中だった。急いで受話器を取ると、

「なんだよ、いるならすぐに出ろよ」と文句が飛び出してきた。

「ちょうど帰ってきたところだ」

「ふん。で、どうだね。定期券のない生活は?」笑うような声。

「すっかり馴れたさ」

退職した翌日、外出するために最寄り駅の改札で胸に手を入れ、うろたえてしまった。定期券は前日、社員バッジとともに総務に返却していた。切符を買わなければいけないと気づいて料金表を見上げたとき、初めて来た駅のように違和感を覚えた。サラリーマン時代は私用で通勤地以外の場所へ行くさいにも改札は定期で通り抜け、下車駅で精算するのがごく自然な習慣だった。それだけに異変はショックだった、些細なことだが、些細なだけにかえってそれが会社を辞めたことを実感した最初のできごとだったと、電話で話したことを倉本は言っているのだった。

「今夜、一杯、どうだ?」

「今夜だって」

「いいじゃないか。どうせ暇なんだろう」

窓の外で、隣家の二階まで伸びたムクゲの異様に大きな木が薄紅色の花をまだいくつも残していた。

3

古めかしい雑居ビルの狭い階段を螺旋に二めぐりした地下に、めざす暖簾が下がっていた。七年ぐらい前まで大学時代の仲間が二年に一度ぐらいの頻度で集まり、情報を交換し合っていた。そのときに使った割烹店の一つだった。集まっていたのはデパート、ビール、不動産、損害保険、自動車部品、それに雅則の電器メーカー、の各社に勤める六人と倉本だった。倉本は大学卒業時、通信機器で国内首位の会社に就職して周囲から羨まれたが、一年で辞め、学生結婚した妻の実家の料理屋で板前になった。板前に転身したてのころに、会えば酒場を三軒、四軒と泥酔してよく朝まで引き回され、仕込みに支障はないかとはらはらさせられたものだった。雅則は倉本とは特別に気が合い、東京本部勤務になってからは七人の集まりとは別に、年に一、二度は酒を酌み交わす間柄だった。

「迷わなかったか」先に来ていた倉本は、もう手酌でビールを飲んでいた。

「近くに来てすぐに見当がついた。店の造りは会をやったときとあまり変わっていないようだな」掘り炬燵式の席に着く前に雅則はジャケットを脱ぎ、横にたたんだ。

「会はおまえが来なかったときを最後に、もう五年もやっていない。自然解消だろう。みんな年を取って、窓際に追いやられた者もいる。そうなれば情報交換も何もない」

集まるときは、必ずビール会社のメンバーが自社の銘柄だけを置く店に予約を入れた。二次会に流れても、彼がまず偵察し、自社銘柄が扱われていなければ街をさまよって別の店を模索した。しかしその愛社精神をだれも笑ったりはしなかった。雅則とて使ってきた電化製品のおおかたは自社製品だったし、デパート勤務のメンバーも家具や衣類は自分のデパートで買っていたにちがいない。それでこそサラリーマンだった。話題の中心はいつも会社のこと、それぞれ業界の話ばかりだった。あるいは自分もそうだったのかもしれないが、特にデパートとビール、自動車部品は、頭には会社のことしかないようによく喋った。

「情報交換というのは、よくいえばサラリーマンとしての前向きな活動だが、反面、サラリーマンの習性である群れることの一つなのだよ。おれたちの会の実態もつきつめれば、群れていただけだったのだろう」倉本はにこやかに振り返った。

「群れる?」

「そうだ。おれは早くにサラリーマンを辞めてしまったが、サラリーマンが飲み屋で愚痴を言うのはよいことと考えていた。会社社会のストレスを日ごろ小出しに酒で解消していれば、鬱病などの会社員病は避けられるのではないかとね。しかし最近、息子にうちの店を継がせて、一人で焼鳥屋に行って飲むようになって見ていると、実態は単に飲んで騒ぐのが好きなだけでそうしているのだとしか信じられなくなった。ストレスの解消とか何かコミュニケーションが目的ではなく、群れること自体に目的があるのではないか。日本のサラリーマンは食べていく手段としてサラリーマンをやっているだけでなく、群れることに安心を見出して、その職業環境に帰属しつづけるのではないか、とおもえてきた。日本のサラリーマンは群れとして存在し、それゆえにその生態は群れの論理、群れの利害とともにある、そうおもった。もっとも、群れるのはいまの学生しかり、宗教の信者もその類だろう。群れることに安心を求めるのは、日本人、いや人間全体の秘めたる本質かもしれんな。どうおもう?」

「会社を辞めて、おれが思い知った一つは、会社の同僚とはイコール友人ではない、ということだな。留守番電話に問い合わせが残っていて、会社へ折り返しを入れると、部下や先輩だった者が出るんだが、その応対がいかにも他人行儀でびっくりした。こちらは名乗り、出た相手も声でだれとすぐわかるのだが、お変わりありませんか、の一声もないことが多い。最初は心外に感じて、むっときたよ。だが、親しく言葉をかけてもらえると期待する自分がまちがっていると気がついた。仕事を共有するうえで擬似の友人関係はつくられるが、共有するものがなくなれば他人にもどるだけなのだ、とね。おまえの言い方なら、部下や先輩だった者たちが電話で素っ気なくなったのは、群れから外れた人物はもはや群れの安心をつむぐ単位ではないと本能的に感じるから、ということかな」

「そうそう、そうなのさ」嬉しそうに笑った。「それがサルの掟というものだ」

「なんだって？」

「サルの群れは、いったん離れザルになったサルは相手にしないだろう？」

倉本にだけは、離婚のいきさつや一志の死を打ち明けていた。

離婚の事実を明かしたのは、離婚した年に年末年始休暇を利用して新宿にみなが集まった流れでだった。その日、一次会をお開きにしたあと、街の底へたえまなく乱れ降るネオンの影と人の行列がぐつぐつと煮える交差点で、会を解散した。五人が駅の方角へ向かうのを見送ったあと、倉本と二人でどちらから誘うでもなく次の店へ流れた。その店で離婚にいたったいきさつを正直に話した。倉本は傷ましいという目で耳を傾けていた。聞き終わってひとしきり意見を述べると、よし今夜は激励だとはりきりだし、次に行った店でぎりぎり終電の時間になったが、倉本は腰をあげようともしなかった。梯子の三軒目で倉本はカウンターに突っ伏し、二十分ほど寝てしまった。板前の修業を始めたころを彷彿させる明日を考えない飲み方で、雅則は往時の心配をよみがえらせたほどだった。そして目覚めるなり、卒業した大学に行ってみようと言い出した。なんのために大学へ？　と問い返すと、行きたいから行く、と断固たる言い草で酔眼をかがやかせた。酔い覚ましにいいかと仕方なく雅則も応じ、店を出てタクシーをひろった。

月明かりに玲瓏と映えて輪郭を浮かびあがらせる大学の建物は、記憶の姿と何ひとつ変わっていなかった。在学中はなかった引き戸式の鉄製の門に遮られて中に入ることはできないが、門の高さは胸ほどまでなので肘を置くことができ、酔った体をあずけてながめるにはちょうどよかった。来てみればそれなりに懐かしさが胸にわいた。

「何年ぶりかな。十五年か」在学当時、キャンパススロープには過激なスローガンの立て看板が騒然とひしめき、学舎はセクトに占拠され、逆にロックアウトされた時期もあった。ずいぶん昔のことのようでもあり、ついこの前のことのようでもあった。

「おれは何度か来ている」と倉本は重く長い溜息をついた。そして、「じつはな、いままで誰にも言っていないことなんだがな」と不意に堰を切ったように話し出した。

倉本がそのときなぜそうしたのか、雅則が離婚のことを話したことにたいして、何か自分も告白しなければならないと気を回したのかどうかはわからない。あるいは自分の会社のことを熱心に語ったその日のメンバーたちの気負いに、黙って聞き耳をたてながらあおられるものがあったのかもしれなかった。

「おれがな、会社を一年で辞めたのはとんでもない失敗をしたからなんだ。新規入札のプロジェクトがあって、当日その入札に必要な書類一式に不備があり、改めたものを急きょ会場の担当者に届けるように言われたんだ。それで地下鉄で出かけたのだが、わりと空いていて坐ることができた。失敗というのは、つい寝てしまってさ、下車駅の手前で目がさめ、足元に置いたはずの手提げ袋を手でさぐったら、ない。大慌てで探したが、寝ているあいだに置き引きされたらしかった。別の車両、降りて前の駅へ戻って、またその前の駅に戻ったよ。捨てられてないかとゴミ箱をあさったりして、必死に探したよ。それで時間を食ったのがまた失敗だった。とうとう仕方なく会社に連絡をした。会社では大騒ぎになって、急ぎ新しい書類を作り直したものの、結局入札申請の締め切り時間に間に合わなかった。しかも申請がちゃんと行なわれていれば、落札できていたことがあとでわかった。そうなると、入札失敗で失った利益は一億円とも二億円ともいわれたし、時間かけて準備した労力のすべてがおれのミスでお釈迦になってしまったんだから、上司ともども処分のみならず、社内の風当たりときたらなかった。その非難の視線にいたたまれなくて、辞めるしかなかった」

「ポカだな」雅則は驚いて、ほかに言葉もなかったので軽口を入れた。

「そうだよな。億円単位のポカさ。なんで寝てしまったんだろうって、悔しかったなあ。おれはあの会社でがんばりたかった。会社って劇場だろう? そこで存分に演じるのがおれの夢だった。だが、まったくの凡ミスで一巻の終わりさ。失態の事実は再就職しても何かで漏れて笑い者のレッテルはしぶとくついてまわるだろうし、女房と相談して板前修業に転じることにした。それでここまでやって来れたのだから、女房との縁には感謝の言葉もないが、その後、ときどき無性にここに来たくなる。大学は就職が決まったときにいた場所、破れたおれの夢のスタート地点だからかもしれないな。だから代わりに、みんなには会社で成功してもらいたいとおもっている」

そのとき三十代だった自分が、どう答えたかは覚えていない。倉本の代わりに、それならおれが成功してみせると誓うことはなかったろう。むしろ成功とは出世を言っているのだろうかと戸惑い、会社を劇場と表現したことへも違和感を抱いた。雅則がすでに十数年間サラリーマン社会を渡ってきて、会社とは何かをいやというほど身に叩きこまれていたのにたいして、倉本は挫折の裏返しに、会社を夢舞台に仮想して美化せざるをえない悲しい心の澱をわだかまらせていたのかもしれなかった。

サラリーマンの本質は群れることに安心を求めることだ、と言う倉本の話にうなずきながら、雅則はその日のことを思い出した。思い出したのは、倉本の何かが変わったと感じたからもあった。あの日から二十年が経って、倉本が当時の悔しさをまだ胸に抱えているかどうかはわからない。しかし心にかかっていた重い執着が隠れて、客観的な思考になっていると内心おもえた。年をとったということか。歳月は人の心を褪せさせる。七人の会が意欲を失ったように、雅則が自分自身を取りもどそうという気になって退職したように、倉本の心の澱もまた山の端に傾く夕影にくだかれ、いまは静かに忘却の川へと流れ出しているのかもしれない。

サラリーマン談義がひとしきり済むと、倉本は鞄から小型のDVDビデオカメラを取り出した。「初孫だ。見てくれ」そう言ってボディを操作し、液晶画面を開いた。

「おまえ、おじいちゃんなんだ」と雅則はおもわず声を上げた。「いまのいそいそした仕草は完全にジジイだぞ」と笑った。

「きょう誘ったのは、これが本題だ。見てもらいたくてさ。上の娘が産んだ。男だよ」倉本には三人の子供がいる。店を継いだ末っ子の長男は未婚だが、娘二人が昨年相次いで結婚した。

倉本が料理の上に掲げたビデオカメラへ、雅則は前のめりに顔を寄せた。のぞきこんだ液晶画面に、六つの静止画像が並んでいた。どれも白い着ぐるみ姿で、まだ生まれて数カ月だろう、寝返りするまでにはもうちょっとという時期の少しずつ違う表情が写し取られていた。倉本はあまり変化のない映像をアップにしたりもどしたりしながら、心底嬉しそうに画面を変えた。赤子の無垢な面映えはそれだけで気持ちを安らかにしてくれる。雅則にも和みのひとときだった。

「ところで、おまえの娘さんは何歳になった？」

ふいに尋ねられて、えっ、と一瞬思考回路がショートした。漠然と二十代の前半ぐらいのつもりでいたからだった。「そうか、二十六歳になったか」

「だったら結婚していても不思議ではない。子供がいるかもしれない。おまえだって、おまえが知らないだけで、もうおじいちゃんになっている可能性はある。だったらご同慶のいたりってもんだな」

可能性は確かにあるだろう。しかしそれ以上を想像することがむずかしい。どんな顔をしているのか、大学へ行ったのか、社会へ出たのか、どんな特技があるのか、趣味は何なのか、想像をめぐらすための材料が何ひとつなかった。ただ自分の二十六歳ごろを振り返り、力も分別もないくせにうわついていたと、自分の昔を空恐ろしく思い出した。

「息子さんのことでは、もう神戸に行ったのか」と倉本がつづけた。

「いやまだ行ってない」

「なにか引っかかることでも？」

「そうではない。年が明けて震災十一周年の日に合わせて行くつもりなのだ。どこで死んだのか、現場も不明だし。それまでにせいぜいもろもろの心身の垢を洗い落として、それから行きたい」言って自分でびっくりした。なかなか行く決断ができずに、そのなかで漠然とそういう方法もありかと考えていたひとつにすぎないことだったからだ。

「そうか、そうだな。中途半端な気持ちでは行けないよな。自分をできるだけ自分ひとりのものにしてさ、自分の感情を本当に素直なものにして、それから行ってやったらいい」柔らかく顎でうなずいてみせた。

二次会を誘い合うことはなく倉本と別れて、電車で家に帰った。テレビをつけ、ニュース番組をみるともなくみて酒をさまし、それから風呂に浸かった。気に入りの入浴剤は切れていたが、膝をかかえ浴槽の縁に頭をあずけてゆらりと虚脱する。洋子はもう二十六歳だってさ、と湯気を相手につぶやきながら、倉本が最後に、自分の感情を本当に素直なものにして、それから行ってやったらいい、と言ってくれたことをおもった。長いつきあいの直感で、こちらのためらいを見抜き、引っかかることでもあるのかと、問いかけてくれたのかもしれない。神戸へ行けば行ったで別の欺瞞をもちこむのではないかと恐れるこちらの気持ちを無意識にも感じて、余分な考えはいらないと忠告してくれたのだろうか。

パジャマにガウンをまとって机の前に坐った。就職して最初の給料で買った上板が厚く重い木製の机だが、両袖に付く引き出しの塗りが年寄り皺のように全体に薄く剝げてきている。会社が発行した説明書やパンフレット、業界に関する書籍などに占領されていたのを先月整理して、あとにはパソコンを一台置くだけにした。

中央の引き出しに手をかけ、ゆっくり引いた。

生命保険の契約書やアパートの契約書、銀行などの諸通知の収納場になっている一番奥に、洋子からの手紙も押し込めてあった。読み終えて信じられず、二度、三度と読み返したあとは、つらさからそれっきり手にとることはなかった。取り出した手紙は、鋏できれいに封が切ってあった。自分で切ったのだが、記憶にはない。十年ぶりに見る洋子の字がまぶしかった。女の子らしい丸みを帯びた素直な字だった。

お父さん、どうしても伝えたいことができ、一筆いたします。去る一月十七日の阪神・淡路大地震で一志が死にました。

お父さんとお母さんが離婚したあと、わたしが小学三年生のときに神戸へ引っ越しました。お母さんが新しい仕事をみつけ、勤務に都合がよかったのです。わたしも一志も神戸の同じ小学校を卒業し、同じ中学校に通いました。去年、わたしは横浜の全寮制の女子高に入学でき、お母さんと一志と離れて暮らしはじめました。一志は今年、地元の私立高校を受験する予定でした。

その一志が一月十四日に突然、わたしを訪ねてきました。寮の入口ホールに途方に暮れたように立っていました。一志が来たのは、お母さんのことででした。お母さんは勤め先の関係で知り合った男の人とお付き合いしていました。紹介されて、わたしたちもその人を知っていました。顔もまずまず、優しいし、とても気のきくいい人に思えました。家族でドライブに行ったりもし、大晦日には一緒に家で紅白歌合戦をテレビでみて、生田神社に初詣でしたばかりでした。一志が高校に進学したら、再婚してもいいと了解していたのです。今度こそお母さんに幸せになってもらいたいと思っていました。

一志は塾の早朝特訓に参加していました。朝の五時から七時まで勉強して、それから学校へ通うのです。塾までは自転車を使っていました。途中に一軒、いかにもの建物のラブホテルが派手な明かりをふりまいています。二日前の十二日朝、いつもどおり家を出た一志は通りがかりに、そこから若い女の人と出てくるその人を見たのです。自転車を暗がりに停めてうかがっていると、ふたりは駐車場へ行き、乗って走り去りました。車は見覚えのもので、ナンバーも間違いなかったのです。

わたしは覚えています。六歳のとき、来客のインターフォンが鳴り、掃除をしていたお母さんが玄関を開けると、女の人がいました。その女の人がいきなり、森下さんは本当はわたしが好きなのにあなたが別れてくれないからわたしだけつらいおもいをさせられるのよ、と叫んだのです。そしてお母さんの髪の毛をむしるようにつかんで、もう一方の手で何度も殴りました。その日からお父さんとお母さんが変になっていきました。口論ばかりになり、お父さんはお母さんを叩きました。そしてお父さんは出て行ったのです。一志もおおよそは知っていました。お母さんが離婚した経緯を、わたしたちに隠してはいなかったからです。

一志の話を聞き、わたしはその人を許せないと思いました。お母さんはまたも裏切られました。一志は二、三日中にその人に会って決着をつける、と言いました。お母さんと別れるようにはっきり言う、お母さんにもはっきり告げる、と言いました。わたしは体が震えました。一志の断固たる決意を感じる一方で、一志はお母さんの希望を壊すことにおびえているのでした。わざわざやって来たのは、できればわたしの承認を得て、勇気を出したかったからにちがいありません。わたしは性急な気がして、少し様子を見てからにしたらどうかとなだめました。しかし一志は、いや、と首を振りました。そうしなければこれから勉強に身を入れられない、と。

わたしは新横浜の駅まで送りました。

在来線と新幹線のホームを仕切る連絡口で、一志はじゃあと手を上げて心持ち笑いました。わたしもこちら側から手を振りました。振りながら言い知れぬ不安にかられました。なぜか一志が戦場にでも行くように感じたのです。それは不吉な予感だったかもしれません。一志がその人にはたして会ったのか、お母さんにはっきり告げたのか、それはわかりません。十七日の早朝特訓中、一志は地震で塾の建物が潰れて下敷きになり、亡くなりました。そしてその人も自宅で亡くなりました。一志とその人を失って悲嘆に暮れるお母さんに、確かめることはできません。期せずしてその人とお母さんは終わりました。でも、わたしには一志がその人と刺し違えたように思えてならないのです。お母さんは幸い仕事先の被害が少なく、勤めはつづけていますが、受けた心身のダメージは一通りでなく、この夏休みに帰省して、すっかり白髪が増えたのに胸が砕けました。

わたしは一志が訪ねてきたあの日が忘れられません。ゲストルームの西の格子窓から、庭木の枝の震える影をおびて、一志の足元にひんやり落ちていた萱草色の日差しが、瞼に焼きついて消えないのです。一志の姿がホームへ消え、新幹線が入線し、また出て行った車輌の重いひびきが、耳から離れないのです。

お父さん、一志が生きていると思わないでください。生きていないのに、どうしているかと心配されるのは、一志にとって空しいだろうからです。

一志はもうこの世にいない。だから、そのとおりに思ってください。お願いします。それ

を伝えたかったのです。——洋子

十年前と同じに手が震え、膝が萎えた。

4

寒い日がつづく師走も押しつまって、石川が巨木を撮影に行くと知らせてきた。いずれも山梨県内にある身延町上沢寺《じょうたくじ》のお葉付きイチョウ、須玉町根古屋《ねごや》神社の大ケヤキ、上野原町軍刀利《ぐんだり》神社のサイカチとカツラを巡るとのことだった。上沢寺のお葉付きイチョウは最近観光ルートに組みこまれ、時間によっては人が多い可能性があるので九時前に着くように最初に向かう、とドライブの段どりを聞くうちに、刺激されて雅則もひと歩きしたくなった。便乗を頼むと、石川はむしろ嬉しそうに承知した。

調べると、七百三十年前、命を狙われて身代わりに毒死した白い犬の墓に立てた日蓮聖人の杖が根付いたと伝承される上沢寺のイチョウも便乗ついでに見たくなった雅則は、インターネットを検索して近辺の情報をさぐり、富士宮市のホームページに「浅間《せんげん》神社をめぐるコース」という案内を見つけた。市内に鎮座する富士山本宮浅間神社、若乃宮浅間神社、山宮浅間神社、人穴浅間神社など七つの浅間神社を結ぶもので、身延線富士宮の駅前がスタート地点となっている。地図で身延町との距離を測り、上沢寺のあとは富士宮との真ん中あたりに位置する白糸の滝まで運んでもらって下車し、そこから南下して案内とは逆の順番にいくつかの浅間神社をたどり、富士宮駅まで歩くハイキングのコースをデッサンした。富士山を左手に眺めながらの十二、三キロは、寒さを考慮しても無理のない行程におもえた。

まだ暗い都心を出発したランドクルーザーは、東名高速道路上で日の出に追いつかれた。御殿場付近で朝日に照らされる雪をかぶった富士山が見えた。

「血のつながりって、どう考えたらいいんですかね。いや、どう感じるべきなのですかね」と石川は運転しながら母親と再会したときのことを話した。石川と姉の二人はまず、母親の入院している病院近くのホテルのロビーで父親違いのきょうだいと合流し、対面した。向こうは二人とも男性で、ふつうのサラリーマンだったという。

「父親が違って母親が同じ同士というのは、きょうだいなのか他人なのか、どっちなんでしょう。両親がこぶつきの再婚同士でおたがいの子供が一緒に育てばきょうだいといっていいかもしれませんが、こんな大人になって初対面だと、どう対していいのか、親近感と拒絶反応がないまじったような、正直、中途半端な定まらない気持ちになってしまって。それでつい嘘をついてしまって」

職業を尋ねられ、カメラマンと答えたのだという。「向こうが名刺を出したので、私もつられて出しましたけど、向こうのには会社名と肩書きが書かれているのに、私のには名前と電話番号だけですから。なんかその違いに、コンプレックスだったのかな、威圧されたような、父親の遺産で食っているプータロウと知られたらきょうだいの恥とおもわれるのではないかと、このときばかりはきょうだいをすごく意識して、それで見栄を張って、ついカメラマンだと。病室で例のパネルを差し出したことで、なんとか信じられたみたいですけど」

「嘘ってことはないだろう。個展も開いている。立派なカメラマンだよ。最近は雑誌にも載ったのだろう」

石川は自分のホームページに「巨樹探訪」のタイトルで写真を公表している。先月それを見た旅行雑誌の編集部から貸し出しを依頼されたばかりだった。

「そんなぐらいじゃとても。写真で生計が立つぐらいでなければ、カメラマンだなんて人前で言えませんよ」

「そうかな。職業ってそれで生計を立てているかどうかで判断されるものなのかな。貧乏な画家が親の援助を受けているとか、売れない作家が女房に食わしてもらっているとか、そういう話はよく聞くよ。それでも彼らは画家だし、作家なのだ。自分がその道をまっとうしようとすれば、それも職業でいいのじゃないかな」言いながらサラリーマンが上司を持ち上げる口ぶりのような気がした。第一、サラリーマンはまっとうしようとしてやる職業ではないではないか。つまらないことを言ったと自分が嫌になって、「それで母親はわかってくれたのですか」と、立ち入った気はしたが話を先にうながした。

「それが全然でした」と石川はハンドルから片手を放し、どうしようとしたのか耳のあたりに浮かして、またもどした。「向こうの人が、あなたが産んだ子供ですよと一生懸命に説明してくれたのですが、目がきょときょとするだけで、まったく認識してもらえませんでした。わたしたちの顔ももう判別できませんし、と彼らが詫びるように言うには、最初に忘れたのは亡くなった夫の顔だったそうです。写真を見せてお父さんだよと言っても首をひねるだけ、夫婦は二世というぐらい絆が強いはずですけどね、って笑っていましたよ。でも、母親の記憶を大事にしてきた姉にとっては五十年ぶりの再会ですから、手を握って何度も名のって呼びかけて、涙を拭いていました。わたしはといえば、八十数歳のすっかり老婆だし、痩せさらばえて、しかもこちらへは何の感情も向けてくれないので、どういう態度をとっていいか、正直まごつきました。こういう言い方すると冷たい人間と見られるのではばかられますが、母親と実感するよりも、母親という命がそこにある、と理解する感じで黙って見ていました。そのときはそれ以上の感慨はありませんでした。だから、お母さんと呼ぶこともできなかった。ところが、時間が経ったいまにいたってあの痩せさらばえた姿を思い出すと、自分の母親にほかならない人、という実感が強くわいてくる。不思議ですね」

「それはやはり、血のつながった親子だからだろう。再会できてよかったじゃないか」

「病室に一時間ほどいて、それから四人で蕎麦屋へ行き、すこし話をしたんです。姉が母親はむかし体が弱かったと言ったら、向こうの人はそんなことはなかった、風邪ひとつひかなかったと言うので、姉がびっくりしていましたね」

「再婚して、また子供を産んで、環境が変わったことで、体質が変わったのかな」

「どうでしょうか。それ以来わたしは、離婚した理由は別のところにあったのではないかと疑っています。わたしの親父と性格が合わなかったとか、実際は病院という環境に馴染めなかったとかですね。考えてみれば、母親の体が弱かったとかノイローゼになったとかの話は、親父や姉から聞かされたことで、それが事実かどうかは知りようがないのです。姉がびっくりしていたのをあとでおもって、姉も親父に聞かされたことを信じていたのではないかと。いまさら知ってもしょうがないことですが、本当の理由はわからないってことですね」

　本当の理由はわからない。それは、ありうることだと雅則は心であいづちを打つ。洋子も本当の理由は知らないだろう、知るすべもないのだ、と。

　洋子が目にした玄関で妻を殴った女性は、雅則の部署に一年契約のアルバイトで来ていた。契約が切れ、その日で辞めていった翌日、雅則は金沢へ出張した。宿泊先のホテルで、あとから考えれば彼女は待ちかまえていた。ロビーで声をかけられ、偶然ということで夕食を共にし、一時間ほどバーで飲んで、それぞれの部屋へ別れた。部屋にもどるとすぐ、そちらへ行っていいかと、内線がかかってきた。飲食中の会話で、森下さんはステキだとか好きだったとか告げられ、笑ってかわしていたが、警戒心がはたらき、丁重に断わった。三十分後にもまたかかってきた。一時間後にはドアがノックされたが、寝たふりをして無視した。起こったのはそれだけだった。だがその後、彼女は妻の前に現われ、暴力をふるった。彼女にすれば恥をかかされたと怒ったのかもしれない。その報復だったかもしれない。

それを妻にいくら口をすっぱくして説明しても信じてはもらえなかった。関係がなければ家まで来てあんなまねをするはずがないと目に角をたてて言いはり、聞く耳はもたなかった。関係がないこと、なかったことを証明はできない。あまりの聞き分けのなさに手を上げると、妻も激しく殴り返してきた。そして行くところまで行ってしまった。

倉本は雅則の離婚の顚末を聞いたあとで、「少なくとも、金沢のホテルであったことを話すべきではなかったな。夫婦だからって、なにもかも、ばか正直に喋ればよいわけではあるまい。何もなかったにしろなまなましいから、よけいな妄想をかきたてたのだろう。職場で片思いされていた、彼女は頭がおかしいのだ、ぐらいで、徹頭徹尾、押し通せばよかったんだよ」と太い溜息をついた。倉本はまた、「会社の人間に恥をしのんで助けを乞うべきだった、彼女がどういう女性であったか、おまえと彼女がそんな関係になるはずもないことを身近な者たちに頼んで説明してもらい、説得するべきだった」とも言った。そして雅則の顔に顔を近づけ、「だが、おまえのことだ、会社のトラブルは家庭にもちこまない、家庭の問題は会社へもちこまない、なんて考えていたのだろう？　個人の事情をもって会社に余計な迷惑をかけてはいけないと、それがサラリーマンの美学だと信じていたにちがいないから、できなかったろうがね」とさぐる目で薄い笑みをぶつけてきた。

あのときどう答えたのか。たぶん答えられなかったのではないか。たしかに当時、家庭への配慮より会社への忠義を優先していた。第三者が間に入ってくれたとして、離婚への流れが止まったかどうかはもちろんわからないが、家庭崩壊の危機よりもサラリーマンの規範意識にこだわっていたところがなくはなかった。離婚の発端がその女性だったことはまぎれもない。しかし実際の原因は、夫の家庭と会社への対しかたに妻が日常積もらせていた数々の不満にこそあって、それが女の事件で一瞬に決壊したのかもしれないと、いまはおもわないでもないのだった。

高速道路を下りた車は富士川に沿って国道を北へ上り、ちょうど九時に、寺の看板と「さかさ銀杏」と書かれた案内板が大きく出た上沢寺に着いた。イチョウの実はふつう葉の付け根に成るが、この木は一部が葉の上に付いて成るため、お葉付きイチョウ、あるいはさかさ銀杏と呼ばれるのだと、いわれは車の中で聞かされていた。

山門をくぐり、池とまだ柱の木肌も新しい鐘楼のあいだを通って、瓦屋根の本堂と庫裏の前に出る。イチョウは庫裏の裏手に、すっかり葉を落とし、どこか老い荒れたおもむきで佇立していた。奈良の一言主神社のイチョウが天を押し上げるように枝を伸ばしていたのにくらべ、いく本もの腕を手先をやや垂らして真横に張り出し、周囲の中空を押し払うような姿の巨木だった。黒ずんだ注連縄が鎖のように樹幹を締めている。

誰もいないあいだにと三脚を立てる場所をさがす石川を横目に、雅則はすこし下がって樹木の全景と向き合った。石川が個展で掲げた「木は風である」という言葉を頭に浮かべ、そのつもりで仰ぐと、巨体に懐深く風をこもらせ、何かじっとだれも知らない悲しみに耐えているようにも見えた。

百年後、二百年後、この木はどうなっているのだろうか、木が風とすれば木が枯れれば風も死ぬのだろうか、死んだ風はどこへ行くのだろうか、とそんなことをおもった。

山宮浅間神社に着いたときは午後の日も傾き、陰の斜面にはすでに薄い闇がよどみはじめていた。石川に送ってもらう途中レストランに立ち寄ったせいか、滝の白糸で絶景に見入ったためか、立てた計画の距離の目算がそもそも狂っていたのか、ふだんのペースで歩いたつもりだったが、いつのまにか時間を費やしていた。

遅れへの焦りから立ち寄りは簡単にすまそうと頭をかすめた。ところが一歩参道にはいるや別世界の静寂がしのび寄って、それを吹きとばした。参道の道幅は一間ほどもない。両端を白い石列で縁取った砂土の道で、道をはさむ並木のすらりと伸びた杉木立のあわいに、何かの白い花色と地に這うシャガの緑が溶け合ったような、気のせいほどの淡い翳りがしみ出している。ただよう清浄の気に、拒むべくもなく呑みこまれていた。

すぐに、杉木立の縦縞を押し開いて小さな石段と横長い建物が現われた。青白くかがやく屋根と白塗りの壁に浮き出る割束の褐色がひそやかに調和して、さりげなく結界を画している。建物の真ん中は割拝殿のような通り抜けになっていて、敷居をまたいだ場所に賽銭箱が置かれ、奥に一対の燈籠と、さらにつづく小道がのぞく。

建物の下に立ち、インターネットからプリントアウトしてきた資料を読んでみた。参籠殿という建物のようだった。ここを通り抜けた突き当たりに、イワサカという形態の社殿のない迎神施設である山宮と、富士の遥拝所があると説明されていた。

奥へくぐると、道は砂土ではなく白く細かい礫敷きに変わり、太い古木の杉が増えるから か、薄暗さの粒子が粗くなる。くぐり抜けた目の前に、石の台に載ったバスケットボール大の丸石が据えられ、手前で蠟燭が赤い炎を揺らしていた。同じ丸石がもっと先にもあってやはり蠟燭が点され、その火は距離をへだてている分だけ不気味に映った。改めて資料に目を落とした。丸石は鉾立石と呼ばれる石で、古態の神事で来臨した富士の神が山宮から麓の本宮まで御神幸のさい、お休みになる依代、神の道の石であったろう、とのことだった。

資料を手にしたまま先をめざし、片側だけ手摺りのある四十段ほどの石段をのぼった。のぼりつめると、木立の中に胸丈ほどの高さで石の瑞垣に仕切られた四角い空間がいきなり出現した。入口の鉄の扉が開けっぱなしになっている。ちょうどそのとき、雲に日が隠れて雅則の視界を一瞬ぼやけさせた。すぐに目くらみからはもどったが、その目にまた炎が飛びこんできた。数個の火がもつれるように浮かんでいた。よく見ると、瑞垣の中の突き当たり手前の中央に細めの木が二本立ち、その根元に一つ、そのさらに奥隅に茂る二本の大木の下闇に四つか五つ、蠟燭の火が赫々と点っていた。

次の瞬間、はっと立ちすくんだ。大木の根元に一人、もう一本の大木の裏側寄りにもう一人、浮き出た根幹の隙間に横たわる人影が目にとびこんだからだった。さらに左手の石碑らしい人工物の台座で仰向けになっている人が一人、右手の瑞垣に背をもたれかけ膝をかかえてうずくまる人が一人。台座で仰向けの人物はふくよかな胸をやわらかく上下させている。シルエットからも四人は女性のようだった。女性と認識した瞬間、狐だ、と怯えが胸をよぎった。すると、四匹の妖異のからみつくような視線を感じて、ひやりとおぞけ立った。しかし獣が化けるわけはないと冷静をとりもどして、瑞垣の中へ足を一歩、運びこんだ。

「観光ですか」と木の根元の一人が起き上がって声をかけてきた。起き上がったとき、青い色がふわりと暗がりを乱した。それを合図のように他の三人も立ち上がると、それぞれに緑、赤、白と色がひるがえって、また雅則を驚かせた。手にしているのは色違いの薄いショールだった。

「ハイキングの途中です」と雅則はすこし緊張して答え、火に歩み寄った。

細めの二本の木は根元が岩塊に嚙まれ、枯れかかっているようにも見える。奥の大木はサカキだろうか？　二本を注連縄が一つにくくっている。その下に二段の低い石囲いの壇が築かれていた。球形や尖った石の集まるあたりに立つ蠟燭の火の背後にカップ酒などの供え物が並び、その一画がどうやらイワサカかと察せられた。

「そうですわね。ここには観光客は来ませんね」くすりと鼻を鳴らした。

「蠟燭の火は、ここではいつも点されているのですか」

「わたしたちが点けました」と右から声が返った。立ち上がりはしたがまだ瑞垣に背をもたれ、髪を指で抜きあげている。

「では、参道の蠟燭もですか」

「そうです。あ、まだ消えてなかったですか?」

「点いていましたよ。皆さん、浅間神社の巫女さんですか」当てずっぽうに訊いた。

ころころと四方から笑い声がひびいて、「そう見えますか。でも違います」

「わたしたちが蠟燭を点したのはここが聖地だから。使わせてもらうので、最初にお祈りをしたのです」別の声が引き取った。

「使わせてもらう、とは?」

「踊りの、創作舞踊の練習をしていました、わたしたち」と台座にあお向けになっていた女性が緑色のショールをくるりと回すと、「そこで」と大木の裏側寄りに横たわっていた女性が白いショールを巻きつけた手でイワサカの横の地面を指差した。

「練習って、こんな寒い外でですか」と雅則は女性たちの身なりを見た。上はそれぞれにタートルのセーターやフリース、厚手のスウェットシャツ、下は揃ってデニムのジーンズで、全員二十代半ばに見えた。

「ここ、山宮が、踊りの主要な舞台設定になっているから。それなら、実際の場所で一度練習してみましょうって。冬になると、わたしたちがここに集まって来て、というあらすじなのです」

「わたしたち？」

「ええ。わたしたち、言霊なのです。《わが背子を大和へやるとさ夜ふけて暁露《あかつきつゆ》にわが立ちぬれし》という歌の言霊がわたし」

青いショールの女性が美しく声音をつくって自らを詠むと、つづけて他の三人も右にならった。

「わたしは、《二人行けど行きすぎがたき秋山をいかにか君がひとり越ゆらん》の言霊」

「わたしは、《現身《うつそみ》の人なる吾や明日よりは二上山を同母弟《いろせ》とわが見む》の言霊」と緑。

白いショールの女性は「わたしは、《石《いわ》の上に生うる馬酔木《あしび》を手折らめど見すべき君が在りといはなくに》」と、踊りの振りなのだろう、ミズスマシのように音もなく走って、頭上に雪色の航跡をえがいた。

「それは、大津皇子の……？」と雅則はおもい当たって言った。

「ご存じですか。そうです、大津皇子の姉、大伯皇女《おおくのひめみこ》の歌の言霊が、わたしたち」赤いショールがひらりと目の前の空気を染め、雅則の背後へ通り抜けた。

九月に葛城山麓を行くハイキングを計画したとき、半日しか時間のない到着日は二上山へ登り当麻寺へ出る二時間ほどのコースで足慣らししようと考えていた。あいにく本降りの雨のせいで、興福寺の宝物館など奈良市内の散策に振り替えざるをえなかったが、雅則は行く先の地誌や事蹟は事前に調べておくようにしており、ガイドブックに大津皇子が葬られたと記載のあった二上山についても、より詳しい本に当たっていた。大津皇子は天武天皇の死後、後継者争いから謀殺され、その前後に伊勢神宮の斎王をしていた大伯皇女が詠んだ歌が、たしかその四首だった。

青と赤の女性の二首は、天皇が亡くなってすぐに大津がひそかに伊勢へくだり、姉に会ってなにごとか決意を伝えたあと、帰る弟を見送る姉が、心配なおもいとともに詠んだ歌だという。大津の決意が謀反を意味するのか、それとも自分を謀殺しようとする側の動きを察知し死を覚悟して別れを述べにきたのかは謎とされ、ほどなく大津は捕えられて、翌日には奈良の磐余《いはれ》で、《百伝《ももづた》ふ磐余の池に鳴く鴨を今日のみ見てや雲隠りなむ》と辞世歌をのこし、処刑された。他の二首は、のちに都へ召しもどされた大伯が、おそらく処刑の地から、弟が葬られた二上山をのぞんで作ったものとされている。

「でもふだんは漂泊してるんです、わたしたち、ばらばらに。永遠に消えない嘆きの声、悲しみの叫びの風となって」

「風ですか」

「ええ、言霊は風ですから」

木は風だと石川が言い、こんどは、言霊は風だという。言葉にはそういう偶然の連鎖があるのだろうか、不思議な符合に雅則は、夢を見、谺を聞いているのではないかと心が空になった。それからは女性たちのだれが喋っているのかはっきりしなくなり、それに混じって自分の声さえも聞こえた。

「富士に雪が降り頂から五合目まで白くなると、わたしたちは雪のひとひらに乗って舞い降ります。そして一年の旅を語り合うのです。春になって麓から五合目までの雪が解けると、また旅立ちます」

「なぜ、ここに舞い降りるのですか」

「ここは風の神の領地ですから」

「風葬が行なわれていた場所といわれています」

「ここに社殿を建てると、風の神が吹き飛ばしてしまうのですよ」

「むかしそんなことがあったと伝わっています」

「富士の神、コノハナサクヤヒメの領地ではないのですか」

「コノハナサクヤヒメは富士山頂にいます。ご来臨のときはこのイワサカに降り立ち、丸石神の鉾立石を飛び石にして、飛んで、麓の本宮に向かいます」

「風の神が力をお貸しします」

「練習をまたはじめます」

「どうぞご覧になっていてください」

はっとわれに返り、雅則は邪魔にならないよう瑞垣の外へ出、入口のところで彼女たちの踊りをしばらくながめていた。カセットレコーダーから流れる音量をしぼった音楽に合わせて、それを止めたりくりかえしたりしながら、四色のショールが揺れ動いた。その動きの向こうで蠟燭の火が煌煌と透けていた。

聞こえたかどうかはわからなかったが、お先に、とひと声かけ、参籠殿へ下りてきた。澄みわたる空はまだ明るさをたたえるものの、地上にはいつしか薄闇が立ちこめていた。夕逆光の杉木立が墨絵の幽邃さをおび、雅則は時間を気にしつつも、つかの間心に写し止めた。

手袋が片方なくなっていた。資料をバッグから出したときに外したのだからと、周辺をさがしても見つからない。落としたとすればこの上の道か石段、瑞垣の中しかなく、地面に目を這わせてイワサカにまいもどった。

入口に立って雅則は茫然とした。蠟燭の火はまだ明るく点っていたが、女性たちの姿は日が落ちてきりあげたか、かさりと枝に舞う木の葉の音をとどめて掻き消えていた。

夜の闇が落ちた県道のバス停で運よく富士宮駅行きに飛び乗ることができた。

ほかに乗客のいない明るい車内のバスに揺られながら思い出したのは、離婚するひと月前、洋子と一志を連れて紀伊白浜の社員寮で夏休みを過ごしたときのことだった。後もどりできないぎりぎりまで行っていた妻は一人家に居のこり、子供たちとこれが最後になるかもしれないとの予感をかかえての旅行だった。二日目の朝食のあと、寮に備えの虫かごと捕虫網を持って外へ出たが、最初に海で遊ぶと言いはる一志をたてて、波打ち際を三人でぶらぶら歩いた。朝から海水浴客やサーファーがくりだし、随所で歓声が跳ねていた。たいした混雑でもなかったが洋子は、迷子になるからと一志の手を握り、放しているときはきりっとにらんで目を離さなかった。

歩いて湾の端まで来た。海の家からも遠いここまでは人の出も少なく、洋子はやっと安心の表情で、浜草のまだらに生える緩い斜面の下に半分埋まった大きな流木の木の根を指差し、雅則に座って見ているように命じて、砂を掘りはじめた。

そのうち一志も加わり、砂を大きな形に盛り上げていた。しかし小さな手の限界から音をあげ、走ってきて、手伝うようにうながされた。造っていたのは浦島太郎の亀だった。雅則が取りかかると、二人はしばらくは自分の持ち場に心を入れたが、一志がまず飽きて離れた。そして目をとめると二人とも流木にまたがり、なにごとか声を上げていた。流木は皮も剝げ落ち、白い肌は凝縮して光沢があった。手頃に骨立った根の一本を一志が胸に引き寄せ、洋子が後ろで同じ方向を向いている。どうやらアニメの宇宙船のような乗り物に擬して一志が楫を握っているらしい。だが子供向けのテレビ番組に詳しくない雅則に何なのかは想像できなかった。結局、造り上げた亀は昆虫採集へ向かうころには満ちてきた潮を頭からかぶり、ただの砂の山になった。

小さな展望公園がある小山の山頂まで、舗装された道は避け、わき道を選んで畑や草地、藪や木立の中を歩き、虫を捕えた。一志が網を伏せると、そのままそのまま、と洋子が叫んで駆け寄り、網の下から蝶なら壊れぬように羽をそっとつまみ、トンボならてのひらに包みこみ、虫かごに丁寧に納め入れた。木の上のほうで鳴くセミだけは一志の手におえず、雅則の出番となった。虫かごは蝶が二匹、トンボが二匹、セミが一匹入ったところで、洋子によって定員が言い渡された。

展望公園は登りきったすぐに屋根のある建物が築かれ、家族が野外で団欒できるように広い木製のテーブルをしつらえてある。そこから瓢箪形に平面が突き出していて、見晴らしのいい突端に、景観図を刻んだ銅板を嵌めこんだモニュメントが置いてある。周囲は鉄柵で囲い、木に似せたコンクリートのベンチが間隔を空けて用意されている。しかし来訪者は少ないとみえ、どこか全体が雨風に汚れてくすんで見えた。雅則は建物の椅子に座り、寮で用意してもらった昼食をザックから取り出した。袋を除いて並べ、モニュメントの前で海と空をながめている二人を呼んだ。

聞こえなかったのか二人は呼びかけに答えず、動かなかった。日差しが強く、崩れずにたなびく沖の雲が二人の彼方で銀色にかがやいていた。並んだ二人の背中が小さく、目を細めて見ていると、洋子が虫かごを肩の高さにかざして一志に何か語りかけた。一志がそれを熱心に聞いて、うなずいた。二人は向かい合って一緒に虫かごを持ち、一志がその蓋を開いた。虫たちはいっせいに広々とした空に浮かんだ。一直線に滑るトンボ。重たげによれるセミ。蝶はひらりとこともなげに。それぞれの姿の飛翔で自由な世界に帰りゆく虫たちを、二人は日盛りのほの青い光につつまれ、じっといつまでも見送っていた。

バスの窓から振り仰ぐと、冬の夜空を星がうずめ、富士山は真っ黒な虚空の一枚岩に変わっていた。あの日二人がまたがっていた流木の白さが、渦巻くように押し寄せてきた。一志は流木の宇宙船に乗って、どこへ向かおうとしたのだろう。何と戦おうとしたのだろう。許してくれ、とまた自分をのろうおもいが胸をかすめる。

洋子は、一志はもうこの世にいない。だから、そのとおりに思ってください、と書いていた。それは自分への気持ちでもあるはずだった。洋子の悲しみの叫び、嘆きの果てなさが空へ舞い立ち、雅則はこみあげた涙をふりはらうように地上の灯の舫いに目をそらした。

あとがき

収めたのは同人誌「スペッキヲ」に掲載してもらったものです。

二十一号（二〇〇五年一月）に「サバーバンスカイ」

二十二号（二〇〇五年六月）に「光の草」

二十四号（二〇〇六年四月）に「凮と流木」

感想を述べていただいた勝目梓氏をはじめとする「スペッキヲ」同人の方々、友人各位、また本書の刊行を快く引き受けてくださった凮雲舎・山平松生社長に、改めて御礼申し上げます。

二〇〇九年七月

成田守正（なりた・もりまさ）
1947年生まれ。宮城県出身。71年から出版社に勤務。
86年、フリーの編集者に。2004年から同人誌「スペッキヲ」に参加。

光《ひかり》の草《くさ》

初刷　2009年8月4日

著者　成《なり》田《た》守《もり》正《まさ》

発行人　山平松生

発行所　株式会社　風雲舎
〒162-0805　東京都新宿区矢来町122　矢来第二ビル
電話　〇三―三二六九―一五一五（代）
注文専用　〇一二〇―三六六―五一五
FAX　〇三―三二六九―一六〇六
振替　〇〇一六〇―一―七二七七六
URL　http://www.fuun-sha.co.jp/
E-mail　mail@fuun-sha.co.jp

印刷　真生印刷株式会社
製本　株式会社　難波製本

落丁・乱丁本はお取り替えいたします。（検印廃止）

ISBN978-4-938939-54-0